JEAN GALAUT

PHALANTE

Edition critique

par

Alan Howe

UNIVERSITY
of
EXETER
PRESS

REMERCIEMENTS

Je tiens à remercier l'Université de Liverpool (Research Development Fund Allocation Group), dont le soutien financier m'a permis de réaliser la collation des exemplaires, l'établissement du texte, et la préparation de l'Introduction. Mes remerciements vont aussi aux conservateurs de la Bibliothèque de l'Arsenal et des bibliothèques municipales de Toulouse et de Versaille, ainsi qu'à Monsieur Jean Sermet, Secrétaire perpétuel et Doyen de l'Académie des Jeux Floraux de Toulouse. Je remercie également Philip Tomlinson, pour ses encouragements amicaux, et Keith Cameron, pour m'avoir ouvert sa précieuse série des Textes littéraires. Finalement, ma reconnaissance s'adresse tout particulièrement à mes collègues Gladys Saul et Guy Snaith, qui ont eu l'amabilité de lire mon manuscrit.

Le portrait de Galaut qui paraît en frontispice est reproduit avec l'aimable permission de la Bibliothèque Municipale de Toulouse.

First published in 1995 by
University of Exeter Press
Reed Hall
Streatham Drive
Exeter EX4 4QR
UK

British Library Cataloguing in
Publication Data
A catalogue record for this book is available
from the British Library
ISSN 0309 6998
ISBN 0 85989 488 6

Typeset by Sabine Orchard
Printed in the UK
by Antony Rowe Ltd, Chippenham

INTRODUCTION

Le nom de Jean Galaut est peu connu, même des spécialistes de la poésie et du théâtre sous le règne de Henri IV. Et pourtant, son œuvre poétique n'est pas des moins considérables, ni des moins estimables. Publié à Toulouse en 1611, six ans après la mort de l'auteur, le *Recueil des divers poemes et chans royaux [...] de J. Galaut*, seul ouvrage à porter son nom, rassemble sur 238 pages des compositions fort variées: vingt-cinq sonnets sur l'amour, plusieurs épigrammes grivoises; des odes, chansons et «doubles quatrains»; une complainte, une épitaphe, et un discours funèbre sur un personnage de premier rang; sept chants royaux et plusieurs «actions de grâce» (poésies exprimant ses remerciements); des vers amusants sur «L'yvrognerie d'un amoureux» et sur «La destinée d'une robe et cotillon de satin blanc», alternant avec des stances graves sur le retour du Parlement à Toulouse et sur la Passion de la Croix; une version de l'élégie XII des *Amours* d'Ovide, une traduction du commencement de l'*Enéide* (I, vv. 1-273), des poésies latines, et ... une tragédie en cinq actes, *Phalante*.

Quoique la valeur de toutes ces pièces diverses soit très inégale, ceux qui ont lu les vers de Galaut leur ont appliqué des termes élogieux. Ainsi, dans la *Bibliothèque de Soleinne*, Paul Lacroix écrivit que «Galaut était un véritable poëte [...] Ses vers sont encore dignes d'être lus, et souvent d'être retenus»[1]. Les auteurs de la *Biographie toulousaine* estimaient que «la grâce, la délicatesse et une élégante facilité distinguent particulièrement les ouvrages de Galaut», et ils jugeaient *Phalante* «préférable à une foule de tragédies composées aussi vers la fin du 16e siècle, et qui n'offrent pas, comme celle de Galaut, des caractères bien

---

1 *Bibliothèque dramatique de M. de Soleinne*, t. I, p. 198, no 948.

dessinés, et un intérêt soutenu»[2] — jugement appuyé par Lancaster E. Dabney: «The psychological insight and sense of dramatic conflict are more clearly marked than in almost any other play of the time»[3]. Cette tragédie fut connue et imitée dans la première moitié du XVIIe siècle. Mais dès lors, le nom et l'œuvre de Jean Galaut ne sont que très rarement sortis de l'oubli. Au XVIIIe siècle, les bibliographes et historiens du théâtre ignoraient l'existence du dramaturge; seul La Vallière avait lu *Phalante*, qu'il croyait anonyme[4]. La première étude biographique et littéraire consacrée à l'auteur ne parut qu'en 1823: une notice de trois pages insérée dans la *Biographie toulousaine* (I, 257-259). Dans le domaine de la littérature dramatique, bien que Rigal eût connaissance de la pièce de Galaut[5], il fallut attendre les recherches de Henry Carrington Lancaster[6] pour que le dramaturge fût quelque peu situé dans l'histoire du théâtre de son époque. Mais depuis Lancaster, peu nombreux sont les critiques qui se sont occupés de l'auteur de *Phalante*: exception faite des quelques pages incorporées dans une étude de *Sir Philip Sidney en France*, dans celle que Dabney consacra à la littérature dramatique sous le règne de Henri IV, et dans un article sur le «dilemme tragique» dans le théâtre pré-cornélien[7], l'œuvre de Galaut sombre dans un silence profond. Même des ouvrages de base, tels le *Dictionnaire des lettres françaises* de Georges Grente, *La Poésie française du premier XVIIe siècle (1598-1630)* de Henri Lafay, et l'*Histoire de la littérature française au XVIIe siècle* d'Antoine Adam, refusent au poète tout droit de cité.

---

2   Jean-Théodore Laurent-Gousse (éd.), *Biographie toulousaine, ou dictionnaire historique des personnages qui [...] se sont rendus célèbres dans la ville de Toulouse [...]*, par une société de gens de lettres, 2 vol., Paris, Michaud, 1823, t. I, p. 259.

3   *French Dramatic Literature in the Reign of Henri IV: A Study of the Extant Plays Composed in French between 1589 and 1610*, Austin (Texas), The University Cooperative Society, 1952, p. 243, note 28.

4   *Bibliothèque du théatre françois depuis son origine*, 3 vol., Dresde, Groell, 1768, t. I, pp. 440-441.

5   Eugène Rigal, *Le théâtre français avant la période classique (fin du XVIe et commencement du XVIIe siècle)*, Paris, Hachette, 1901, p. 322.

6   «Sidney, Galaut, La Calprenède: an early instance of the influence of English literature upon French», *Modern Language Notes*, t. XLII, 1927, pp. 71-77; et *A History of French Dramatic Literature in the Seventeenth Century*, 5 parties en 9 vol., Baltimore, The Johns Hopkins Press, et Paris, Les Belles Lettres, 1929-1942, t. II, p. 23.

7   Albert W. Osburn, *Sir Philip Sidney en France*, Paris, Champion, 1932, pp. 126-130; Dabney, *op. cit.*, pp. 239-245; Alan Howe, «The dilemma monologue in pre-Cornelian French tragedy (1550-1610)», in *En marge du classicisme: Essays on the French Theatre from the Renaissance to the Enlightenment*, éd. Alan Howe et Richard Waller, Liverpool, Liverpool University Press, 1987, pp. 27-63 (pp. 48-50, 61-62).

Vu l'intérêt énorme que notre siècle a voué aux auteurs de la période dite «baroque», comment expliquer cet oubli pérenne? La raison principale en est sans doute l'indisponibilité des écrits de l'auteur. Car nous ne connaissons que trois exemplaires complets du *Recueil*, dans son édition unique du XVIIe siècle.

Etant donné qu'une équipe de spécialistes s'occupe à rééditer toutes les pièces du théâtre français publiées entre 1550 et 1600 — y compris celles de plusieurs contemporains de Galaut, tels Pierre de Laudun d'Aigaliers et Pierre Thierry de Mont-Justin[8] —, le moment semble propice de lever le voile sur une partie de l'œuvre du Toulousain, en mettant au jour pour la première fois depuis 1611 sa tragédie *Phalante*. Ce n'est peut-être pas la meilleure de ses compositions, et on n'y trouvera pas un chef-d'œuvre négligé. Tant s'en faut. Mais cette pièce soulève la question des rapports culturels entre la France et l'Angleterre. De plus, elle offre un exemple intéressant d'un genre en pleine évolution; et en la rendant disponible, nous espérons permettre au lecteur de se faire une idée plus complète des aspects multiformes qu'ont pris les tragédies à l'époque de Henri IV.

L'auteur et son milieu

Sur la biographie de Jean Galaut nous possédons fort peu de données. L'étude manuscrite de six feuillets que lui avait consacrée au XVIIe siècle Guillaume Colletet ayant été détruite pendant la Commune[9], c'est au *Recueil des divers poemes et chans royaux* qu'on est obligé de recourir pour quelques faits essentiels. Ce recueil posthume, qui semble avoir été publié grâce aux soins de son frère[10], fut orné d'un portrait de l'auteur, entouré d'une inscription latine qui donne la date de sa mort et permet de déduire celle de sa naissance: «*JOANNES. GALAVDVS. OBiit. ANN.*

---

8   *Théâtre français de la Renaissance*, collection dirigée par Enea Balmas et Michel Dassonville, 3 séries, Florence, Olschki et Paris, P.U.F., 1985-(en cours).

9   Paul Bonnefon, «Contribution à un essai de restitution du manuscrit de G. Colletet, intitulé *Vie des poètes françois*», *Revue d'histoire littéraire de la France*, t. II, 1895, pp. 59-77 (p.74).

10 Lui aussi s'appelait J. Galaut, ce qui prête à confusion. Lancaster affirme que: «The poems include one on the death of his brother, also a lawyer» (*art. cit.*, p. 72). Il s'agit des vers funèbres qui servent de préface au *Recueil*, et qui sont intitulés: «J. Galaut sur le trespas de J. Galaut son frere Advocat en la Court. Complainte». Il nous semble que c'est le frère qui se plaint de la mort de notre auteur, et non l'inverse, comme le voulait Lancaster.

DOM. MDCV. MENS. SEPTEMB. VJXJT. AN. XXX»[11]. Mort en septembre 1605 à l'âge de trente ans, Galaut serait donc né en 1575 ou à la fin de 1574. Le titre du même volume décèle aussi sa profession: «Advocat au Parlement de Tolose», alors que la table des matières (f. A3ʳ) ajoute qu'il était «Docteur», et un groupe de poésies (pp. 148-178) révèle qu'il avait gagné des prix aux concours poétiques et qu'il avait été reçu au nombre des juges des Jeux Floraux de Toulouse[12].

A ces menus détails — qui constituent la quasi-totalité des données dont disposaient ses premiers biographes[13] — il est possible d'ajouter d'autres précisions, puisées dans les registres de l'Académie des Jeux Floraux. Dans les archives de cette société est conservé le célèbre «Livre Rouge», fonds précieux qui donne les noms des officiers et des lauréats, ainsi que le texte des poésies couronnées, pour la période 1513-1641[14]. Ce document confirme que Galaut naquit à Toulouse, puisque le poète s'y trouve qualifié de «Tholosain» (II, 95); et il fournit une date approximative pour le début de sa carrière professionnelle, car tandis qu'en 1598 Galaut est qualifié d'«écolier» (II, 93), en 1600 il sera dénommé «docteur et avocat en la Cour» (II, 110).

Les actes des Jeux Floraux permettent aussi d'identifier les poèmes publiés dans le *Recueil* qui avaient reçu des prix, ainsi que les dates de ces succès. La première fois que le nom de Galaut est cité, pourtant, il s'agit moins d'un triomphe que d'une mention honorable: au concours de 1597, il ne reçoit pas de prix, mais se trouve remarqué parmi les candidats soumis à l'*essai* (II, 85) — c'est-à-dire à une épreuve supplémentaire imposée pour distinguer parmi des candidats d'un mérite égal. L'année prochaine, après essai, il reçoit sa première fleur, le Souci, pour un chant royal sur les éclipses de lune[15] — composition qu'un historien des Jeux Floraux estime «de beaucoup le meilleur de tous les

---

11 Nous reproduisons ce portrait en frontispice; mais en raison de la reliure serrée du volume où il paraît, une partie de l'inscription manque dans notre reproduction.

12 Dabney soutient à tort que «a poem by his brother [...] reveals that the poet was married» (*op. cit.*, p. 240). La poésie en question contient l'apostrophe: «O ma chere moitié pour qui seul je souspire» (*Recueil*, f. A9v), mais ici le frère s'adresse au poète décédé.

13 Nous pensons à Lancaster et à Dabney, aussi bien qu'aux auteurs de la *Biographie toulousaine*.

14 Le registre manuscrit (en 2 vol., pour les années 1513-1583 et 1584-1641) a été publié par F. de Gélis et J. Anglade (éd.), *Actes des Jeux Floraux: actes et délibérations du Collège de Rhétorique, 1513-1641*, 2 vol., Toulouse, Privat, 1933-1940. C'est à cette édition que se rapportent nos références.

15 Reproduit dans *Actes des Jeux Floraux*, t. II, pp. 93-95, et *Recueil*, pp. 161-164.

morceaux analogues du même temps»[16]. Ce n'est qu'à intervalles de deux ans qu'il reçoit ses autres fleurs, car à cette époque «tout poète couronné dut attendre deux ans avant de prétendre à un nouveau prix»[17]. Ainsi, en 1600, après essai, on lui adjuge la Violette, pour un poème — encore un chant royal, car cette forme alambiquée restait longtemps en honneur aux Jeux Floraux — qui commence «Enfants du sainct Jacob, race bien fortunée»[18]; et cette année, c'est Galaut qui prononce l'annuel *Eloge de Dame Clémence Isaure*, oraison en latin en honneur de l'inspiratrice mythique des poètes[19]. Enfin, en 1602, il reçoit l'Eglantine pour un chant royal qui commence «Nimphes de ce terroir»[20], et étant à sa troisième fleur, il passe Maître-ès-Jeux, ou Juge des Fleurs. Quant aux trois poèmes reproduits dans le *Recueil* (pp. 168-178) sous la rubrique «Actions de graces rendues à Messieurs les Juges & mainteneurs des jeux floraux, pour les fleurs qui luy avoyent csté adjugées», ils auraient été offerts respectivement en 1599, 1601, et 1603, car «on força tous les lauréats à revenir un an, jour pour jour, après leur triomphe, réciter à leurs juges et au public un poème nouveau»[21]. Jean Galaut devait rester un fidèle des Jeux: son nom paraît parmi ceux des Maîtres qui assistaient aux concours de 1603, de 1604, et de 1605[22], année où eut lieu sa mort prématurée[23].

Si les faits se rapportant à cette courte vie s'avèrent fort épars, il n'en est pas moins possible d'en identifier les axes principaux: la ville de Toulouse, sa Faculté de Droit, son Parlement, ses Jeux Floraux, ses cercles littéraires et dramatiques. C'était en somme, avec une génération de recul, l'univers qu'avait fréquenté Robert Garnier[24].

Ville rendue prospère et prestigieuse par le commerce du pastel et par la présence de son Parlement (créé en 1420, et donc le deuxième en

---

16 F. de Gélis, in *Actes des Jeux Floraux*, t. II, p. 85, n. 1; cf. F. de Gélis, *Histoire critique des Jeux Floraux depuis leur origine jusqu'à leur transformation en Académie (1323-1694)*, Toulouse, Privat, 1912, pp. 133-135, et p. 302, n. 3.

17 Gélis, *Histoire critique des Jeux Floraux*, p. 107.

18 Reproduit dans *Actes des Jeux Floraux*, t. II, pp. 115-117, et *Recueil*, pp. 156-159.

19 Gélis, *Histoire critique des Jeux Floraux*, pp. 103-104, 356-357.

20 Reproduit dans *Actes des Jeux Floraux*, t. II, pp. 130-132, et *Recueil*, pp. 164-167.

21 Gélis, *Histoire critique des Jeux Floraux*, p. 101.

22 *Actes des Jeux Floraux*, t. II, pp. 135, 145, 153.

23 Aurait-il été emporté par la peste? En septembre 1605, le Parlement de Toulouse prit des mesures d'urgence pour défendre les habitants de la ville contre une épidémie qui avait sévi à Bordeaux (cf. Jean-Baptiste Dubédat, *Histoire du Parlement de Toulouse*, 2 vol., Paris, Rousseau, 1885, t. I, pp. 664-665; Joseph Roucaud, *La Peste à Toulouse, des origines au dix-huitième siècle*, Toulouse, Marqueste, 1919, pp. 101-102).

24 Voir Marie-Madeleine Mouflard, *Robert Garnier, 1545-1590: La Vie*, La Ferté-Bernard, Bellanger, 1961, pp. 73-135.

France après celui de Paris), Toulouse venait de connaître, entre 1463 et 1562, «le siècle le plus brillant de son histoire»[25]. Mais à ce «siècle d'or» s'est succédé, peu avant la naissance de Galaut, le début d'une période moins heureuse, celle qui devait voir trente-six années de guerres civiles et les activités de la Ligue. La fortune de la ville est reflétée par celle de la Faculté de Droit[26], où Galaut aurait poursuivi ses études. Fondée en 1228, cette Faculté, la plus brillante de l'université, avait joui pendant des siècles d'une grande renommée qui lui permit d'accueillir des professeurs distingués ainsi que des étudiants venus de toutes les provinces de France et de l'étranger. On a estimé à dix mille le nombre d'«escholiers» à Toulouse au début du XVIe siècle, et en 1554 le juriste Jean de Coras avait plus de 4.000 élèves présents à son cours! Mais dans la deuxième moitié du siècle, les plus beaux jours sont déjà passés: c'est le commencement d'une période de décadence, pendant laquelle des professeurs mal rétribués quittent la ville et le nombre des écoliers diminue.

Quant à la vie des étudiants, ils avaient à travers tout le XVIe siècle la réputation d'être turbulents et batailleurs; il régnait parmi eux une propension à en venir aux armes, un esprit de combativité, auxquels Rabelais avait fait allusion dans *Pantagruel* (ch. 5):

De là [Pantagruel] vint à Thoulouse, où aprint fort bien à dancer, et à jouer de l'espée à deux mains, comme est l'usance des escholiers de ladicte université; mais il n'y demoura gueres, quand il vit qu'ilz faisoyent brusler leurs regens tout vifz comme harans soretz [...]

Accusations d'hérésie, condamnations au feu, assassinats impliquant maîtres et étudiants: les incidents sanguinaires du type évoqué par Rabelais allaient se multipliant dans l'atmosphère fervente des querelles

25 B. Bennassar et B. Tollon, «Le Siècle d'or (1463-1560)», in Philippe Wolff (éd.), *Histoire de Toulouse*, Toulouse, Privat, 1974, pp. 223-270 (p. 223). Pour l'histoire de cette ville, nous renvoyons, dans le même ouvrage (pp. 271-292), au chapitre de B. Bennassar, «Des années de Ligue aux jours de Fronde», et pour de plus amples détails, à l'*Histoire de Toulouse* de Henri Ramet (Toulouse, 1935; réimpr. Marseille, Laffitte, 1977), ch. IX-XI.
26 Sur la Faculté de Droit de Toulouse, voir Antonin Deloume, *Aperçu historique sur la Faculté de droit de l'Université de Toulouse: maîtres et escoliers de l'an 1228 à 1900*, Toulouse, Privat, 1905; René Gadave, *Les documents sur l'histoire de l'Université de Toulouse et spécialement de sa Faculté de droit civil et canonique (1229-1789)*, Toulouse, Privat, 1910; John Charles Dawson, *Toulouse in the Renaissance: The Floral Games; University and Student Life; Étienne Dolet (1532-1534)*, New York, Columbia University Press, 1923.

religieuses; et la popularité de ses cours ne put empêcher que Coras, séduit par la Réforme, ne fût massacré par le peuple et les étudiants. A la génération de Galaut, il aurait donc été peut-être plus difficile de s'appliquer au régime studieux des «escholiers» de Toulouse décrit par Henri de Mesmes (1532-1596):

> [...] ils étoient debout à quatre heures du matin, et ayant prié Dieu, alloient à cinq heures du matin aux études avec leurs gros livres sous le bras, oyoïent toutes les lectures, et ensuite, après leur dîner, lisoient par forme de jeu, Sophocle ou Aristophane ou Euripide et quelquefois Démosthènes, Cicéron, Virgilius, Horacius, et le soir encore, après souper, lisoient en grec et en latin[27].

Néanmoins, malgré tous les troubles d'une période de crise aiguë, cette ville fourmillant d'étudiants et d'officiers, avec sa Faculté de Droit et son Parlement, pour ne rien dire de ses Capitouls (ou magistrats municipaux), restait de toutes les villes de province la mieux équipée pour nourrir les ambitions d'un jeune homme désireux de s'adonner à la profession légale.

Ainsi, vers 1599, ayant obtenu son doctorat, et n'ayant pas manqué de «lire aux écoles de droit civil et canon pendant deux ans», conformément aux ordonnances en vigueur[28], Galaut est reçu avocat en la cour du Parlement de Toulouse. Il s'intègre donc à cette foule d'hommes de loi — «noblesse de robe», juges, avocats, procureurs, greffiers, huissiers — chargés d'administrer la justice royale dans le Languedoc, et qui dominaient la vie et la société toulousaines. C'était un milieu fort conservateur, comme la Faculté de Droit, avec laquelle il était étroitement lié[29]: en général, les parlementaires s'érigeaient en défenseurs du catholicisme menacé, et constituaient un appui solide de la Ligue. Cependant, la conversion au catholicisme de Henri IV, en juillet 1593, inspira des défections parmi les ligueurs, et provoqua dans l'histoire du Parlement un épisode fort dramatique qui ne manqua pas d'éveiller un écho dans les vers du jeune poète. Quand, au printemps de 1595, le duc de Joyeuse, s'opposant à l'autorité du roi, entra à Toulouse à

---

27 Cité par Deloume, *op. cit.*, p. 92.
28 Gadave, *op. cit.*, pp. 185 (no 536) et 191 (no 557): arrêts du Parlement de Toulouse, datés de novembre 1581 et de mars 1586.
29 Ramet parle même de l'«assujettissement de l'Université au Parlement» (*op. cit.*, pp. 285-286).

la tête d'une armée et s'empara de l'Hôtel de Ville, il ne fut appuyé au Parlement que par quelques ligueurs des plus acharnés; la plupart des parlementaires, anciens ligueurs modérés redevenus désormais des soutiens du pouvoir royal, quittèrent la ville pour se rendre à Castelsarrasin, où des séances du Parlement eurent lieu à partir du 6 mai. Hostilités et pourparlers s'enchaînèrent sur onze mois avant la rentrée solennelle des parlementaires — événement célébré par Galaut dans ses «Stances sur le retour des Messieurs de la Cour dans Tolose le second Avril, 1596» (*Recueil*, pp. 33-34), où il exprime la joie des «bons citoyens» ainsi que ses sentiments de royaliste fidèle.

Il reflétait ainsi les sentiments de celui qui rentrait à la tête des parlementaires: Pierre Du Faur, seigneur de Saint-Jory, cousin de Pibrac, membre d'une famille de légistes distingués, et objet des louanges de Galaut. Nommé premier président au Parlement de Toulouse en juin 1597, Pierre Du Faur imposait le respect non seulement pour sa science et son érudition, mais aussi pour son intégrité et sa modération[30] — qualités vantées par le poète dans un long «Discours funebre sur le trespas de Messire P. Dufaur» (*Recueil*, pp. 179-197), mort d'une apoplexie foudroyante, le 20 mai 1600. A travers le fatras mythologique qui alourdit ce thrène se fait entendre une voix plus personnelle qui énonce une admiration et même un attachement sincères: «Il attrampoit si bien la sage gravité / De sa face Royale avec l'humanité, / Qu'il estoit d'un chascun pour sa douceur severe / Craint comme Magistrat & chery comme pere» (p. 187)[31].

Avant d'être reçu avocat, Galaut était déjà entré dans l'orbite de Pierre Du Faur, car celui-ci avait été, dès 1590, Chancelier, et donc premier dignitaire, des Jeux Floraux, auxquels il avait déjà servi, dès 1583, comme Mainteneur, aux côtés de plusieurs autres parlèmentaires. En effet, à la fin du XVIe siècle la basoche dominait cette institution littéraire, inaugurée en 1323 pour maintenir les traditions poétiques du

---

30 Sur Pierre Du Faur, voir Dubédat, t. I, pp. 638-644; Adolphe Caze, *Notice sur la vie et les ouvrages de Pierre du Faur de Saint-Jory...*, Toulouse, Chauvin, 1858; Sylvain Macary, *Généalogie de la maison Du Faur...*, Toulouse, Ecos et Olivier, 1907, pp. 189-193 et *passim*.

31 Cette admiration, qui imprègne la plupart des vers de Galaut à la même page, ressort d'autant mieux d'une comparaison de son poème avec les «Stances sur la Mort de feu Monseigneur du Faur» composées par un autre lauréat des Jeux Floraux, Jean Alary (*Le Premier Recueil des recréations poétiques de M. Jean Alary*, Paris, Pierre Ramier, 1605, pp. 57-71). Ancien partisan de Joyeuse (comme en témoigne un sonnet «Sur la réunion du corps du Parlement de Tholoze», p. 54), Alary passe Pierre Du Faur presque sous silence pour chanter le roi et son homme de confiance, Nicolas de Verdun, nommé successeur au décédé.

Languedoc. Au cours de son histoire, sous ses noms successifs de
Consistoire du Gay Sçavoir (Consistori del Gai Saber), de Collège de
Rhétorique (1513-1694), et d'Académie des Jeux Floraux (depuis 1694),
elle a compté parmi ses maîtres et lauréats des auteurs éminents:
Ronsard, Garnier, Du Bartas, Du Baïf, Voltaire, Marmontel, Le Franc
de Pompignan, Chamfort, Chateaubriand, Hugo; mais à l'époque de
Galaut, aux cérémonies annuelles du 3 mai, c'est très souvent à des
parlementaires que furent décernées ses fleurs. Un historien du
Parlement de Toulouse ne craint pas d'affirmer qu'«à ce seizième siècle,
tous les hommes du Palais sont poètes»[32]; et les amis qui ont offert des
vers en honneur de Galaut semblent appartenir au même milieu
juridique: deux pièces liminaires sont signées «Bapt. de Ciron, Advocat»
et «Michael de Solargues. D. & A.T», que nous interprétons comme
«Docteur et avocat toulousain»[33]. Cependant, s'il est vrai que «tout ce
monde [du Palais] rime par goût, par passe-temps, par mode, par
atavisme et même par routine»[34], il n'en reste pas moins que parmi tous
ces avocats et futurs magistrats, il y avait peu de poètes de vrai talent. De
ce point de vue, la basoche toulousaine reflète la vie littéraire en général
dans le Midi: d'une part, une activité extraordinairement intense, car
c'est «un des milieux qui furent le plus épris de poésie et de belles-lettres,
au seizième siècle», avec «de véritables pléiades d'artistes» groupées
autour de Toulouse[35]; de l'autre, une production plutôt médiocre —
médiocrité que les critiques attribuent en partie à une maladresse à
manipuler une langue récemment importée des provinces du nord[36]. Si
Galaut se distingue parmi ses contemporains, force est de reconnaître
qu'il n'était pas rudement concurrencé.

Quant à l'activité théâtrale, elle était bien moins intense, du moins en
ce qui concerne la tragédie. Avant *Phalante*, une seule tragédie existante
aurait été composée à Toulouse (et là encore le lieu de sa composition

---

32 Dubédat, *op. cit.*, t. II, p. 564; le ch. XXIV de cet ouvrage (t. II, pp. 558-586) est titré «Les Parlementaires aux Jeux Floraux».
33 Sur l'identité du premier, les auteurs de la *Biographie toulousaine* se demandent: «Serait-il un parent de Gabriel de Ciron, [...] chancelier de l'église et de l'université [?]» (t. I, p. 132). Quant à Michael de Solargues, serait-il un descendant de Pierre de Solages (mort en 1519), procureur en Parlement et Mainteneur au Collège de Rhétorique (voir *Actes des Jeux Floraux*, t. I, pp. 3, 12, 14)?
34 F. de Gélis, in *Actes des Jeux Floraux*, t. I, p. xxiv.
35 Joseph Dedieu, *Pierre de Laudun d'Aigaliers: L'Art poétique français, édition critique. Essai sur la poésie, dans le Languedoc, de Ronsard à Malherbe*, Toulouse, Siège des Facultés libres, 1909, pp. 21, 22.
36 *ibid.*, pp. 29-33; Gélis, in *Actes des Jeux Floraux*, t. I, p. xxvii.

n'est pas tout à fait certain): la *Porcie* de Robert Garnier (1564)[37]. En librairie, seules sont parues à Toulouse, entre 1553 et 1640, une des nombreuses éditions des *Tragédies* de Garnier (Pierre Jagourt, 1588), une «copie sur l'édition de Lyon» de *La Guisiade* de Pierre Matthieu (Jacques Colomiès, 1589), et la pièce de Galaut — bilan dérisoire pour la quatrième ville de France à avoir exploité l'imprimerie, vu surtout le nombre de tragédies imprimées à Rouen, Lyon, Troyes, Poitiers[38]. Du moins, cette ville possédait une salle capable de recevoir des troupes de comédiens professionnels: celle installée sur les dépendances de l'auberge du Logis de l'Ecu[39]. C'est dans cette salle que viendront jouer vers 1611 et en 1624 les troupes de François Vautrel et de Gros-Guillaume[40], et que celle de Molière donnera ses représentations en 1645[41]; c'est là aussi peut-être que fut représenté le *Phalante* de Galaut. Mais aucun document ne fait mention de l'arrivée d'une troupe professionnelle dans la ville avant 1611.

Si, à cette date, le public toulousain était «depuis longtemps familiarisé avec les représentations théâtrales, et formé au goût parisien», c'est essentiellement, comme l'explique Pierre Salies, «au Collège de l'Esquile qu'était due la diffusion de cette forme de culture» (p. 6). Fondé en 1556, devenu collège officiel des Capitouls dès 1561, ce collège d'humanités accordait une grande importance aux représentations dramatiques: en 1561, son premier régent, Nicolas de Latour reçoit des Capitouls 10 écus sol pour avoir composé «une tragédie et *bergerie* pour exercer la jeunesse à l'estude des lettres»; et les contrats de ses successeurs les engagent à préparer «une tragédie et une comédie pour le collège, au choix du principal» et à «faire réciter aux enfants, dans le

---

37 Mouflard, *op. cit.*, pp. 98-102.

38 Voir la liste bibliographique des tragédies dressée par Elliott Forsyth, *La Tragédie française de Jodelle à Corneille (1553-1640): le thème de la vengeance*, Paris, Nizet, 1962, pp. 425-472.

39 Jules Chalande, «Le Logis de l'Ecu, première salle de spectacle de Toulouse», *L'Auta*, nouvelle série, no 12, juin 1915, pp. 1-6; *Le Théâtre à Toulouse de 1561 à 1914* [Catalogue d'exposition, par R. Mesuret], Toulouse, Musée Paul Dupuy, 1972, pp. 10-11; Georges Mongrédien et Jean Robert, *Les Comédiens français du XVIIe siècle: dictionnaire biographique...*, 3e éd., Paris, C.N.R.S., 1981, pp. 313-314.

40 Emile Campardon, *Les Comédiens du Roi de la troupe française pendant les deux derniers siècles*, Paris, Champion, 1879, pp. 279-280; Pierre Salies, «Histoire du théâtre et sociologie du spectacle dans le Midi de la France», *Archistra*, 1972, pp. 4-8. Le document cité par Campardon ne fait aucune mention de Gros-Guillaume, qui, d'après Mongrédien et Robert (pp. 106, 239, 280), aurait été le chef de la troupe de 1611.

41 Chalande, *art. cit.*, p. 6.

collège, des comédies, tragi-comédies, tragédies et autres actes»[42]. Il est fort probable — quoiqu'aucun document ne le confirme — qu'une importance égale aurait été accordée aux activités dramatiques par un autre collège d'humanités fondé vers la même date, celui des Jésuites (1567). Mais, comme le fait remarquer Salies, le caractère officiel de l'Esquile, géré par les Capitouls, lui conférait l'avantage d'être «le lieu habituel des représentations théâtrales offertes aux illustres visiteurs de la ville» (p. 7). Ainsi, le roi Charles IX y vit jouer des tragédies sur trois jours pendant son séjour à Toulouse en 1565, et une tragédie y fut jouée en 1611 en honneur du Prince de Condé[43]. Que Jean Galaut ait été un élève de l'Esquile ou non, nous l'ignorons; en tout cas, les activités théâtrales de ce collège auraient pu contribuer à allumer et à nourrir l'intérêt qu'il manifeste pour la tragédie.

S'il est possible de connaître les milieux autour desquels Galaut gravitait, il est bien plus difficile, même pour le lecteur diligent du *Recueil*, de cerner sa personnalité. Une allusion fugace à sa haine de l'hérésie et du vice au sein de l'église (p. 161), une autre à sa fidélité au roi (p. 33); mais en dehors de ces trop rares indices, rien qui nous donne une idée de sa philosophie, de sa conception de la vie. Il se montre sensible au talent d'un danseur décédé (pp. 38-39), et ne manque pas du sens de l'humour (par ex. pp. 43-46). Bien au contraire, malgré les affirmations de son éditeur, qui loue «la modestie de son naturel» et soutient que Galaut «semble avoir faict comme Demodocus qui chantoit aux Pheaciens les amours de Mars & de Venus, non pour applaudir au vice, ains pour retrancher les lascivetés» (f. A2^V), le poète s'adonne très souvent à un esprit gaillard, et même grossier. Une légère note de cynisme — mais peut-on la prendre au sérieux? — s'introduit dans un sonnet où il congédie une maîtresse pour son manque de biens (p. 7). Mais ce sont les plaintes d'un amant malheureux qui s'expriment dans la plupart de ses vers: froideur et cruauté de l'amante; craintes et douleurs, joie et tourment de l'amant; désir, souvent répété, de mourir pour mettre fin à cette souffrance; désir, mais passager, de se venger; désir, moins éphémère, de retrouver sa liberté par l'emploi de la raison; désir, malgré tout, d'aimer et d'être aimé. S'agit-il là de sentiments vécus ou de souvenirs purement livresques? Dans le premier cas, devant des

---

42 Salies, *op. cit.*, pp. 6-7; cf. Ramet, *Histoire de Toulouse*, pp. 354, 522.
43 Mouflard, *op. cit.*, p. 99; Salies, *op. cit.*, p. 7.

évocations si nombreuses et si poignantes des peines de l'amour, il faudrait croire à un être profondément malheureux. Quoi qu'il en soit, le leitmotif de ses vers lyriques sera aussi un thème dominant de sa tragédie *Phalante.*

La datation de *Phalante*

Si la date de composition de cette pièce ne peut pas être établie avec certitude, un cas flagrant d'auto-plagiat suggère qu'elle était antérieure à mai 1600, date de la mort du Président Du Faur. Car le *Discours funèbre* que Galaut composa en son hommage contient plusieurs vers qui reparaissent presque textuellement dans *Phalante.* La répétition dans le thrène des vers 693-694 et 781-782 de la tragédie, désignant les quatre points cardinaux et le pouvoir magique de Mercure[44], serait peu digne de remarque, ne fût-elle pas appuyée par la présence dans chaque ouvrage du même passage de vingt-six vers. Ainsi, les vers 1363-1388 de *Phalante* reviennent dans le *Discours* avec un minimum de modifications (que nous imprimons en italiques), concernant principalement le temps et la personne des verbes et les adjectifs possessifs:

> Soit quand le vieux Titan dans son char flamboyant
> *Dissipe* matinier les ombres d'Orient,
> Ou quand ayant coureu la moitié de sa traicte
> Il *darde* ses *rayons* à plomb sur nostre teste,
> Ou quand des-ja recreu des celestes travaux
> Au sein de l'Ocean *il plonge* ses chevaux,
> Bref tandis qu'il *reluit* dessus nostre Hemisphere
> *Leur esprit desolé* ne s'applique à rien faire
> Qu'à lamenter sans cesse, et souspirer tousjour
> *Pour leur DUFAUR privé de la clarté* du jour.
> Et quand les animaux citoyens de ce monde
> *Gisent* tous acroupis dessous la nuict profonde,
> Quand ceux qui vont marchant ou rampant icy bas,
> Et ceux qui fendent l'air des cerceaux de *leur* bras,
> Et les moites troupeaux de l'inconstant Prothée,

---

44 *Recueil*, pp. 179, 195. Voir les notes aux vv. 693-694 et 781-782 de *Phalante*.

Ont tous d'un doux sommeil la paupiere enchantée,
Elles pleurent sans cesse, et le somme *ô cieux*
N'*a* jamais le pouvoir de *leur* clorre les yeux;
Cest lors que le repos *fuit plus* loing de *leur* couche,
Et que les chauds souspirs enfantés de *leur* bouche
Plus drus, plus esclatans, et plus longs que devant
Les font veiller encor jusqu'au Soleil levant:
Ainsin soit que la nuict soit que le jour se leve
Leurs poignantes douleurs ne sentent point de trefve,
Ains *dictant à leur* cœur mille regrets nouveaux
Vont remplissant le ciel, l'air, la terre, et les eaux.(*Recueil*, pp. 181-182)

Or, si *Phalante* avait été composé après le *Discours funèbre*, on voit mal comment le poète aurait pu transporter ces vers à si peu de frais dans sa tragédie sans froisser le fils unique auquel le thrène fut dédicacé: Jacques II Du Faur, baron de Saint-Jory, Conseiller du Roi au Parlement de Toulouse, et (depuis 1597) Maître-ès-Jeux Floraux. Mais posons, d'un autre côté, que *Phalante* fût une œuvre de jeunesse, depuis longtemps oubliée, ou jamais destinée à la scène: l'offense n'aurait plus lieu. Ou posons encore que la pièce de Galaut reçût des applaudissements, et que ce succès fût récent au moment de la mort de Pierre Du Faur: incorporer dans ses vers funèbres un passage pris dans sa tragédie, ce serait alors en consacrer le succès au Président, et ainsi redoubler l'hommage que lui rend le poète. Il nous semble donc bien probable que *Phalante* fut composé avant mai 1600, et possible qu'il fût circulé ou joué vers 1598-1599.

C'est probablement d'une représentation ultérieure de cette pièce, datant d'après sa publication, que témoigne un prologue de Bruscambille, intitulé «Pour la Tragedie de Phalante», qui parut pour la première fois dans ses *Nouvelles et plaisantes imaginations* (Paris, François Huby, 1613). Exemple assez fade du genre cultivé par le comédien[45], qui avait la tâche de capter l'attention du public de théâtre, ce prologue semble bien avoir trait à la tragédie de Galaut, car après avoir évoqué la jalousie qui empêche de reconnaître «un cœur vrayement loyal», l'auteur continue:

---

45 Sur l'identité et la carrière de cet acteur, voir notre article: «Bruscambille, qui était-il?», *XVIIe Siècle*, t. XXXVIII, 1986, pp. 390-396.

C'est icy où la tourmente rompt, & les cordages & le mast[,] desenfle les jouës des vents, & où l'Amour avec son inconstance & fermeté diversement consideree, ne menace que de tempestes & de bourrasques, & où Philonene [*sic*] rompt la chaisne qui l'attachoit à l'amitié de son cher Phalante, mais plustost son fidele Oreste: & bref où l'on void un Prince qui met l'affection en arriere, pour rechercher au peril de sa vie un co[n]tentement particulier, la Tragedie vous en donnera une si ample intelligence que vous en tiendriez le recit pour superflu. Donnez nous s'il vous plaist un peu de silence & vous nous obligerez à bien faire.   (f. 232)

A en croire son propre témoignage, c'est à Toulouse — à une date inconnue avant 1609 — que Bruscambille avait fait ses débuts, puisqu'un «Prologue en faveur des Escoliers de Thoulouze», paru dans ses *Fantaisies* (Paris, Jean de Bordeaulx, 1612), révèle que ce fut parmi les étudiants de cette ville qu'il avait «filé le plus delicat de [ses] ans» (p. 193). La possibilité n'est donc pas exclue que la représentation indiquée par le comédien fût donnée à Toulouse avant la publication du *Recueil* de Galaut, et même avant la mort du dramaturge, les interprètes ayant dû travailler d'après le manuscrit. Mais il serait tout aussi vraisemblable de la situer après la mise en vente de la pièce — soit à Paris, où Bruscambille jouait en 1611 dans la troupe de Valleran Le Conte, soit à Toulouse, où le prologueur aurait peut-être passé en 1612, après avoir quitté Valleran, paraît-il, vers la mi-février. En outre, le fait que le prologue pour *Phalante* se trouve relégué aux toutes dernières pages des *Nouvelles et plaisantes imaginations*, et qu'il est imprimé en caractères différents, suggère qu'il fut ajouté tardivement à cet ouvrage, dont l'achevé d'imprimer est daté du 4 décembre 1612. Ces circonstances incitent à penser que la représentation de *Phalante* annoncée par Bruscambille avait eu lieu tout récemment, en 1612.

Un sujet imité du roman anglais (?)

Comme l'a démontré H.C. Lancaster[46], Galaut n'est pas le premier auteur à traiter le sujet qu'il présente dans *Phalante*. Car le premier livre du roman pastoral de Sir Philip Sidney, *The Countess of Pembroke's Arcadia*, dans l'édition posthume de 1590, avait déjà raconté la même histoire d'amour et d'amitié infortunés.

Chez le romancier anglais[47], c'est Hélène de Corinthe qui fait le récit de sa propre «tragédie». Jeune souveraine de grande beauté, ayant succédé à la couronne de son père, elle se trouvait courtisée par de nombreux soupirants, dont le plus passionné était Philoxène. Celui-ci, voyant que ses efforts et services ne recevaient pas la récompense désirée, décida d'employer l'un de ses meilleurs amis, Amphialus, pour plaider sa cause et lui gagner le cœur de la reine. En l'écoutant, Hélène tombe éperdument amoureuse de l'intermédiaire, et ne tarde pas à lui découvrir sa passion; mais Amphialus, toujours fidèle à l'amitié, est gêné par cette déclaration, et quitte la cour sans rien dire à Philoxène. Ce dernier, blessé par la froideur d'Hélène et rendu jaloux par l'intérêt qu'elle montre pour Amphialus, poursuit son ami, et l'assaillit. Amphialus, ne voulant pas se battre, se trouve néanmoins obligé de se défendre, et de son premier coup Philoxène tombe mort à ses pieds. A ce moment, survient Timothée, père de Philoxène, qui expire lui aussi, moins du regret de la mort de son propre fils que de l'apparente ingratitude d'Amphialus, son fils adoptif qu'il avait élevé dans sa famille. Accablé par la douleur, Amphialus jette ses armes par terre et se retire dans le plus épais de la forêt, maudissant la reine qui avait causé ses infortunes — laquelle, au moment où elle fait son récit, avait abandonné son trône pour se consacrer à la recherche de cet infortuné, dont elle ne cesse de contempler le portrait.

Or, jusqu'au moment où Amphialus s'éloigne dans un lieu solitaire pour se vouer à son deuil, tout se déroule d'une façon identique chez les

---

46 *art. cit.*, «Sidney, Galaut, La Calprenède: an early instance of the influence of English literature upon French».

47 Pour la version anglaise, nous renvoyons à l'édition de Victor Skretkowicz (Oxford, Clarendon Press, 1987). Nos citations sont prises dans le premier tome de *L'Arcadie de la Comtesse de Pembrok...*, traduite par Jean Baudoin, 3 parties, Paris, Toussaint du Bray, 1624-1625, dont nous reproduisons en appendice les passages intéressant le lecteur de Galaut. Pour les noms des personnages présentés par Sidney, nous suivons Baudoin en employant les formes francisées pour Helen, Philoxenus et Timotheus, et en retenant la forme originale pour Amphialus, nom changé par Galaut.

deux auteurs — à cette exception que, dans la tragédie de Galaut, Amphialus est appelé Phalante, nom qui se trouvait déjà dans l'*Arcadie*, où Phalantus était le frère naturel d'Hélène. Tandis que chez Sidney cette histoire n'a pas de véritable conclusion, Galaut puise dans ses souvenirs littéraires pour fournir à sa pièce un dénouement qui convienne au genre tragique. Il s'inspire surtout de l'histoire de Pyrame et Thisbé dans Ovide: découvrant les armes abandonnées de Phalante, Hélène le suppose mort et se tue; Phalante revient, trouve son corps, et, se jugeant coupable de la mort des trois protagonistes, s'immole à son tour — mais sans avoir manqué au préalable d'imiter Œdipe en se crevant les yeux.

Si, avant ce dénouement funeste, les deux auteurs traitent le même sujet, les ressemblances ne se bornent pas aux grandes lignes de l'histoire. Elles sont bien plus nombreuses que ne l'avait soupçonné Lancaster, et s'étendent jusque dans les moindres détails, ainsi qu'il ressort de l'inventaire suivant:

— A la description sidnéenne du «genereux» Timothée: «[il] estoit le Seigneur de mon pays le mieux allié. Avec cela l'eminence de ses richesses, de son credit, et de ses vertus, le mettoit en si bonne odeur parmy le peuple, qu'en toutes ces choses il surpassoit les plus grands de mon pays» (pp. 235-236), fait écho un passage plus étendu de Galaut (vv. 687-712).

— L'indication que Philoxène, fils de Timothée, «ne degeneroit en rien des qualitez d'un si brave pere» (*Arc.*, p. 236) est reprise dans *Phalante* (vv. 822-826).

— Amphialus, dont les qualités «de franchise et d'honnesteté» (p. 242; cf. *Phal.*, v. 185) lui avaient acquis le titre de «the courteous Amphialus» («le courtois Amphialus», p. 242), retient cette épithète dans la version française: «le courtois Phalante» (v. 176; cf. vv. 405, 450).

— Amphialus avait pour mère la «fille du Roy d'Argos» (p. 240); Phalante est «prince Argien» (v. 440).

— Amphialus-Phalante et Philoxène avaient été des compagnons d'armes (*Arc.*, p. 243; *Phal.*, vv. 1-8).

— Parmi les nombreux prétendants d'Hélène se trouvaient des «Princes estrangers», ainsi que des «jeunes courages de [son] pays» (*Arc.*, p. 235; cf. *Phal.*, vv. 215-218, 279-290).

— Avant de s'éprendre d'Amphialus, Hélène avait conçu l'amour comme une faiblesse avilissante: «m'estimant alors née pour commander, je ne pensois pas me pouvoir soubmettre volontairement à l'empire d'autruy, sans m'exposer à un infame mespris» (pp. 236-237). Cette idée donne lieu à une stichomythie dans la pièce française (vv. 251-262).

— Ecoutant les discours qu'Amphialus emploie pour le compte de son ami, Hélène croit qu'il «n'est pas possible que ce cœur soit inexorable et insensible à la pitié» (p. 245). Cette croyance reparaît chez Galaut (vv. 529-532).

— Considérant Philoxène comme «le seul obstacle de [son] amour à l'endroit d'Amphialus», la reine «ne se soucioit pas beaucoup de luy desplaire», et prenait «plaisir à le punir» (pp. 248-249). Dans *Phalante*, pour le même motif, ces sentiments se transforment en haine (vv. 635-640, 649-650, 894).

— L'assurance cinglante et révélatrice que, dans l'*Arcadie*, Hélène adresse à Philoxène: «je vous escouterois plus volontiers que je ne fais, si vous vouliez parler pour Amphialus, aussi bien qu'Amphialus a parlé pour vous» (pp. 249-250), trouve un écho très exact chez Galaut: «Parlés-moy pour Phalant comme il a faict pour vous» (v. 1146).

— En quittant Corinthe, «Amphialus fut à peine une journée hors de [ce] pays» quand son voyage fut interrompu par la nécessité de «secourir une Dame», délai qui permit à Philoxène de le joindre (p. 251). La même aventure est racontée, mais plus amplement, par le héros éponyme de Galaut (vv. 1237-1281).

— En l'assommant de coups, Philoxène qualifie Amphialus-Phalante de «traistre» (*Arc.*, pp. 251-252; *Phal.*, v. 1282).

— Les circonstances qui accompagnent la mort de Philoxène et de Timothée se correspondent dans les deux versions — à une exception près: tandis que dans le roman Amphialus tue Philoxène en légitime défense, dans la tragédie Philoxène s'enferre lui-même (*Arc.*, pp. 251-253, 254-256; *Phal.*, vv. 1317-1322, 1427-1432).

— L'idée qu'Amphialus, accablé de douleur et de culpabilité, «[eut] la lumiere en horreur» (p. 257) donne lieu à plusieurs développements chez Galaut (vv. 1363-1372, 1557-1562, 1585-1598).

Comment expliquer cette parenté remarquable? Une influence directe s'opéra-t-elle entre les deux auteurs? Dans ce cas, puisque la mort de Sidney survint en 1586, c'est le dramaturge toulousain qui aurait fait des emprunts au romancier pastoral. Il faudrait alors reconnaître à Galaut le mérite d'avoir devancé Alexandre Hardy dans l'adaptation sur la scène

française d'un sujet puisé dans un roman anglais[48], et à *Phalante* celui
d'être, comme le voulait Lancaster[49], le premier cas de l'influence de la
littérature anglaise sur la littérature française.

Mais il est difficile de savoir comment une telle influence aurait pu se
transmettre. D'un côté, aucune version française de l'*Arcadie* ne sera
éditée avant 1624, date de publication du premier tome de la traduction
procurée par Jean Baudoin[50]. De l'autre, très peu de Français savaient
lire l'anglais. Le cas de Peiresc est instructif: cet érudit possédait dans sa
bibliothèque un exemplaire de l'*Arcadie* en anglais (de l'édition de
Londres, 1605), acheté probablement au cours de son voyage en
Angleterre en 1606; mais dans une lettre de 1618 il avoue n'entendre
rien «au langage Anglois», et c'est en vain que dix ans plus tôt il avait
sollicité de son frère, M. de Valavez, «quelque beau dictionnaire [...]
anglais-français»[51]. De tels outils n'existaient pas: il fallut attendre
jusqu'en 1632 pour voir paraître, dans la deuxième édition de Cotgrave,
le premier dictionnaire anglais-français, dû aux soins de Robert
Sherwood; et malgré l'existence de quelques manuels — y compris une
Grammaire angloise et françoise (Rouen, 1595) destinée aux marchands
normands —, le lecteur français ne disposait d'aucune grammaire
vraiment utile de la langue anglaise[52].

Si Galaut avait appris l'anglais, ç'aurait donc été un cas tout à fait
extraordinaire. Mais il reste la possibilité que le roman — ou, du moins,
l'épisode — de Sidney ait été communiqué au dramaturge par quelque
Anglais qui l'ait aidé dans sa lecture. Or, la présence est attestée en
France au XVIe siècle de nombre d'Anglais et d'Ecossais, intellectuels et
pour la plupart catholiques[53]. A Toulouse, vinrent professer Thomas
Dempster et le légiste James Kidd; et dans cette ville, Thomas Barclay,
originaire d'Aberdeen, ayant enseigné les humanités à Bordeaux et à

---

48 Le premier roman anglais traduit en français, *Pandosto or the Triumph of Love* de Robert Greene
    (publié en anglais en 1588, traduit en 1615 par Louis Regnault), inspira une pièce perdue de Hardy.
49 *art. cit.*, p. 77.
50 Cette traduction fut bientôt suivie d'une version rivale, due en partie à Geneviève Chappelain:
    L'Arcadie de la Comtesse de Pembrok..., 3 parties, Paris, Robert Foüet, 1625. Sur ces traductions,
    voir Osborn, *op. cit.*, pp. 78-122.
51 Osborn, *op. cit.*, pp. 123-125; Georges Ascoli, *La Grande-Bretagne devant l'opinion française au
    XVIIe siècle*, 2 vol., Paris, Gamber, 1930, t. II, p. 6.
52 Ascoli, *op. cit.*, t. II, pp. 6-8; et du même auteur, *La Grande-Bretagne devant l'opinion française
    depuis la Guerre de Cent ans jusqu'à la fin du XVIe siècle*, Paris, Gamber, 1927, pp. 178-179.
53 Voir Ascoli, *La Grande-Bretagne devant l'opinion française depuis la Guerre de Cent ans jusqu'à la
    fin du XVIe siècle*, pp. 151-176.

Poitiers, devint principal du collège de l'Esquile (1596-1608)[54]. A Toulouse aussi, parmi les écoliers «estans venus de diverses et lointaines nations pour apprendre et s'adonner à la loi civile», se trouvaient des Anglais[55]. Est-ce que Galaut aurait été initié à l'*Arcadie* de Sidney par l'un de ces professeurs ou étudiants anglophones auquel il se serait lié? La chose n'est pas impossible, mais dans le cas des derniers, les circonstances n'étaient pas propices: comme à Paris, les étudiants se divisaient en quatre «nations» — celles d'Aquitaine, de France, d'Espagne, et d'Allemagne, les Anglais s'étant intégrés à la «nation germanique» — entre lesquelles les relations étaient bien moins que cordiales, de sorte qu'«elles étaient toujours prêtes à la bataille et se préoccupaient [...] surtout de rivalités, de luttes et de combats»[56].

Outre la possibilité que Galaut savait lire l'anglais, ou qu'il connaissait l'*Arcadie* par l'intermédiaire d'un étudiant ou professeur venu de la Grande-Bretagne, nous devons envisager celle de l'existence d'une source commune au dramaturge et au romancier. Il se peut même que Galaut y ait trouvé quelques détails sur Corinthe[57] et quelques noms[58] qui manquaient chez Sidney. Or, la source de l'histoire d'Hélène de Corinthe n'a jamais été identifiée par la critique sidnéenne. Cette source, si elle existait (car rien n'empêche que l'épisode ne soit fictif), aurait pu être française, puisque l'auteur anglais, qui parlait très bien le français et passa trois mois en France en 1572, était fort pénétré de culture française. Traducteur d'une partie de *La Première Sepmaine* de Du Bartas et du traité *De la vérité de la religion chrestienne* de Philippe Du Plessis-Mornay, Sidney maintenait des relations avec plusieurs savants français; on a cru aussi pouvoir déceler dans ses vers des réminiscences de Baïf, de Ronsard, de Du Bellay, de Scève[59]. Cependant, s'il y avait une source, française ou autre, commune à Sidney et à Galaut, nous ne connaissons pas son identité.

Il s'ensuit donc que nous ne saurions ajouter aucune foi à la théorie émise par Osborn, selon laquelle cette source commune serait la tragédie

---

54 *ibid.*, pp. 166, 168; Salies, *art. cit.*, p. 7. Voir aussi Francisque Michel, *Les Ecossais en France, les Français en Ecosse*, 2 vol., Londres, Trübner, 1862, t. II, pp. 199-200, 215-221; et les articles sur Barclay et Dempster dans le *Dictionary of National Biography*.

55 Deloume, *op. cit.*, p. 106; cf. p. 108.

56 *ibid.*, p. 108; cf. pp. 57-58, 103-111.

57 Le nom Ephyra, Neptune son dieu tutélaire, les allusions au «temple à Venus aux champs des Alisons» et à la nymphe Pirèné: voir les notes aux vv. 107, 196-197, 374, 1242.

58 Ceux des prétendants d'Hélène et de l'épouse de Timothée: voir les notes aux vv. 281-283, 702.

59 Sur les influences françaises sur Sidney et ses amitiés françaises, voir Osborn, *op. cit.*, pp. 21-64.

Philoxene d'Antoine du Verdier (Lyon, Jean Marcorelle, 1567), pièce que l'auteur avait repérée dans sa *Bibliothèque françoise* (Lyon, 1585), mais qui est maintenant perdue[60]. Les hypothèses d'Osborn sont des plus fragiles. D'une part, comme l'a fait remarquer Lancaster, il existait dans l'Antiquité plusieurs Philoxenos qui auraient pu fournir le sujet de cette tragédie dont nous ignorons tout sauf le titre[61]. D'autre part, l'idée que Sidney et Du Verdier se seraient connus parce qu'ils étaient tous les deux gentilhommes ordinaires de la Chambre du roi — l'Anglais en 1572, le Français lors de sa mort en 1600 — a inspiré chez l'érudit américain la dérision qu'elle mérite[62]. En somme, les conjectures d'Osborn ne jettent aucune lumière sur ce problème.

Il reste une dernière possibilité, qui nous ramène à Philip Sidney. C'est que Galaut ait connu l'œuvre d'un autre traducteur de l'*Arcadie*, Jean Loiseau de Tourval, qui passa en Angleterre peu après la mort de la reine Elizabeth (survenue le 24 mars 1603), pour servir de traducteur auprès de son successeur, Jacques Ier. Ce Parisien cultivé se mit à apprendre l'anglais, et à traduire les ouvrages du roi et de l'évêque Joseph Hall; il devait aussi écrire en 1611 la préface du *Dictionnaire* de Cotgrave. Il a raconté lui-même qu'arrivé outre-Manche, «je ne failly aussi tot pour mon apprentissage de consulter les sacrez feuillets de l'Arcadie Angloise dont j'avoy tant ouy faire de cas», et qu'il décida de les traduire. Cette tâche, à laquelle il apporte un souci admirable d'exactitude, est menée à bien, et en vue de la publication il rédige une dédicace (adressée à Robert Lord Lisle, frère cadet de l'auteur) et un avis au lecteur. Cependant, la traduction de Tourval ne fut jamais éditée — peut-être Robert Sidney la jugea-t-il indigne? —, et seules nous sont parvenues, dans un manuscrit conservé à la Bibliothèque Bodléienne

---

60   *ibid.*, pp. 126-129; *Les Bibliothèques françoises de La Croix du Maine et de Du Verdier, sieur de Vauprivas...*, éd. Rigoley de Juvigny, 6 vol., Paris, Saillant et Nyon, 1772-1773, t. III, p. 142.

61   Compte-rendu de l'ouvrage d'Osborn, paru dans *Modern Language Notes*, t. XLVIII, 1933, pp. 269-273 (p. 272).

62   *ibid.* Ajoutons qu'Osborn nie que Galaut fût l'auteur de *Phalante*, parce que le Toulousain n'est pas nommé sur le titre de la tragédie, et que celle-ci n'est pas nommée sur le titre du *Recueil*. Outre qu'au XVIIe siècle plusieurs pièces de théâtre sont publiées dans des volumes qui s'annoncent comme recueils de poésie (cf. Lancaster, compte-rendu, p. 273), Osborn ne savait pas que *Phalante* est inscrit parmi les ouvrages de Galaut dans la table qui accompagne son *Recueil*. Osborn va même plus loin: le *Phalante* publié parmi les poésies de Galaut ne serait autre que le *Philoxene* de Du Verdier — conjecture qui fait peu de cas des techniques pratiquées par les auteurs dramatiques aux années 1560!

d'Oxford, les deux épîtres citées et une partie du Livre II[63]. Or, il importe de savoir la date de composition de cette traduction, qui se serait étalée sur plusieurs années. Dans l'avis au lecteur, une allusion à une période de «7 ou 8 ans» fournit une date approximative, mais sans que le contexte permette de savoir si cette période date de l'arrivée de Tourval en Angleterre, en 1603, ou du moment où il avait songé à traduire l'*Arcadia* espagnole de Lope de Vega, publiée en 1598. Ainsi, son travail aurait été achevé entre 1605 et 1611 — et plus vraisemblablement, comme l'a suggéré Osborn (pp. 75-76), vu l'ampleur et la difficulté de l'entreprise, vers la fin de cette période. Le même critique soutient que Tourval n'avait commencé sa traduction que vers 1607, date de la première partie de l'*Astrée* (p. 76), mais il s'agit là d'une conjecture tout à fait gratuite. En revanche, il est bien possible que le traducteur se soit mis à travailler sur le Ier livre dès 1603 ou 1604. D'ailleurs, nous savons qu'il maintenait des relations épistolaires avec des lettrés français, tels Peiresc et Pierre de L'Estoile. Il y a donc des chances — quoique très faibles — qu'un brouillon de sa traduction soit parvenu — mais on n'imagine pas comment — entre les mains de Galaut. Mais alors, il faudrait croire que *Phalante* fût composé tout à la fin de la vie du dramaturge, et que celui-ci consentît à y incorporer un passage de son discours funèbre pour Pierre Du Faur.

Force nous est donc d'avouer que jusqu'ici la clé du mystère ne s'est pas livrée. L'existence d'une source commune à Galaut et à Sidney n'est pas exclue. Mais la parenté entre leurs deux histoires est si étroite, le nombre de détails communs si grand, que l'influence directe du romancier anglais sur le dramaturge français semble plus probable. Toutes réserves faites, on ne peut que souscrire à l'opinion de Georges Ascoli: «l'*Arcadie* semble avoir, je ne sais grâce à quels mystérieux intermédiaires, inspiré [...] Jean Galaut»[64].

---

63 Nous renvoyons à l'ouvrage d'Osborn pour l'étude la plus complète de la carrière de Tourval et de son art de traducteur (pp. 68-77, 80-87, 93-119). Cet historien présente, en appendice, une transcription des fragments qui ont survécu du manuscrit de Tourval. Nos citations sont prises à la p. iv de l'appendice.

64 *La Grande-Bretagne devant l'opinion française au XVIIe siècle*, t. II, p. 132.

Une tragédie de l'époque Henri IV

Qu'elle fût inspirée par le roman anglais ou par une source inconnue, la pièce de Galaut se range parmi un groupe assez nombreux de tragédies qui, à la charnière des XVIe et XVIIe siècles, portaient à la scène des aventures inventées. Cultivant un genre dont le sujet était normalement tiré de l'histoire ou du mythe, les auteurs de ces tragédies témoignent du même goût pour le romanesque que leurs contemporains qui s'essaient à la tragi-comédie. Ils puisent leur matière dans des romans français (notamment *Le Printemps* de Jacques Yver) ou chez des auteurs fictifs traduits en français (Héliodore, Lope de Vega, L'Arioste, Le Tasse, et surtout Bandello)[65]. Si les efforts collectifs de ces dramaturges — presque tous d'un talent médiocre — ne comportent pas de chef-d'œuvre, ils n'en représentent pas moins une tendance marquée de l'époque: voulant «renouveler le vieux fonds de sujets tragiques», ils ont contribué, selon Raymond Lebègue, «à briser les cadres étroits de la tragédie des humanistes»[66].

Galaut va même plus loin, et fait entrer dans la tragédie des éléments de la pastorale: les amours «en série», une allusion à «la dolente Echo» (v. 1537), et surtout la «belle advanture» de Phalante, décrite dans un monologue où le dramaturge développe un motif à peine esquissé dans l'*Arcadie*, pour décrire comment son héros avait secouru une jeune «bergerotte» poursuivie par «trois satyres monstreux» (vv. 1237-1281).

Mais Galaut ne rejette pas toutes les recettes conventionnelles de la tragédie humaniste. Si ses protagonistes ne sont pas de grandes figures connues, ils n'en sont pas moins des souverains ou des princes situés dans la Grèce antique. En outre, quoique le dramaturge supprime les chœurs lyriques[67] et les utilités (messagers, ombres[68]), il fait valoir les stichomythies et les récits (dont un inspiré en partie par Homère[69]), développe une discussion sur la fonction des rêves (III.1), et affectionne

---

65   Voir Dabney, *op. cit.*, pp. 232-290, et Raymond Lebègue, «L'influence des romanciers sur les dramaturges de la fin du XVIe siècle», in *Etudes sur le théâtre français*, 2 vol., Paris, Nizet, 1977-1978, t. I, pp. 270-276.

66   *art. cit.*, pp. 271, 276.

67   Les dramaturges de l'époque commencent à les estimer superflus: voir Eugène Rigal, *Alexandre Hardy et le théâtre français à la fin du XVIe et au commencement du XVIIe siècle*, Paris, 1889, p. 255.

68   Une Ombre est nommée parmi les «acteurs» de *Phalante*, et au IIIe acte le spectateur l'entend parler (v. 836), mais sans la voir paraître sur la scène.

69   vv. 757-776; voir la note au v. 776.

particulièrement les monologues.

Cependant, ces *pièces montées*, vestiges d'une conception plutôt rhétorique et statique du genre, coexistent avec des éléments plus «modernes», témoins d'un goût marqué pour l'action et le spectacle scéniques. Cette coexistence est bien illustrée par le dernier acte de *Phalante*, qui contient quatre monologues, tous d'une longueur exceptionnelle, mais ponctués par des actions violentes ou macabres: Philoxène se rue sur Phalante et s'enferre, Timothée trouve le corps de son fils et meurt de douleur, Hélène se suicide (probablement avec la dague «toute rouge et crasseuse» de Phalante), Phalante se crève les yeux et puis s'immole sur son fer. L'horreur de tous ces événements n'est pas épargnée aux yeux des spectateurs par un auteur qui semble souscrire à l'opinion de Laudun d'Aigaliers: «Plus les tragedies sont cruelles, plus elles sont excellentes»[70].

Comme les dramaturges contemporains, Galaut s'occupe peu des unités de temps et de lieu. Un certain laps de temps s'écoule entre les actes: assez, entre les deux premiers, pour permettre à Phalante d'exciter l'amour d'Hélène et de lui adresser «maints discours» (v. 414) en faveur de son ami; moins dans les intervalles entre les actes suivants (voir les indications aux vv. 828, 1070, 1279-81). Entre les actes et les scènes de *Phalante* l'action se déplace souvent d'un lieu à un autre, car la pièce semble être adaptée au décor simultané hérité du Moyen Age. Elle exige qu'au moins trois lieux soient représentés: une salle dans le palais d'Hélène (I.2, II, II.2, IV.2), un lieu dans Corinthe (I.1, I.3, III.1, IV.1, IV.4), et un endroit — probablement dans la forêt — en dehors de la ville (V.1-5). La localisation de IV.3 est plus problématique: les vv. 1189-1192 révèlent que Léon avait entendu la dernière partie du monologue de Phalante à la fin de la scène précédente, mais il est impossible de savoir si Phalante sortait du palais tout en débitant son monologue, ou si Léon était entré dans le palais où il serait bientôt rejoint par Timothée. A ce problème qui se pose pour le metteur en scène, vient s'ajouter celui pour le lecteur qui ne connaît pas l'histoire d'Hélène de savoir (avant d'écouter le récit de Phalante en V.2) ce qui est censé se passer sur le théâtre lors de la dernière rencontre des deux amis et de l'arrivée de Timothée (vv. 1284-1287).

Nonobstant ces maladresses, l'auteur de *Phalante* fait montre d'un art

---

70 *L'Art poétique français*, éd. Joseph Dedieu, p. 160.

assez sûr de la construction dramatique. Il donne à son action une unité rigoureuse, toute l'attention du lecteur étant concentrée sur le développement de l'histoire d'amour et d'amitié infortunés, qu'aucun fil secondaire ne vient interrompre. La disposition de la matière sur les cinq actes est bien conçue et, exception faite de quelques scènes oiseuses (IV.3-4, V.3), dans lesquelles des personnages secondaires découvrent ce que le spectateur savait déjà, l'action s'avance vers son dénouement de façon rapide et suivie. Réservé au cinquième acte, ce dénouement est dicté et préparé par la logique des caractères et des passions. D'ailleurs, en développant cette action, le dramaturge ne manque pas d'inspirer le suspens: d'une part, un sentiment d'appréhension est créé par le songe de Timothée, par l'intervention de l'Ombre, et par les craintes de Carie; d'autre part, l'incertitude est rehaussée par la tentation à laquelle Phalante est exposé de répondre favorablement à l'amour d'Hélène, par la résolution de Timothée d'empêcher que les deux amis ne se battent, et par l'absence de tout prologue ou personnage protatique ayant la fonction de prédire le dénouement dès le début de la pièce. Ajoutons que l'exposition est efficace au premier acte, où trois scènes présentent chacune l'un des trois protagonistes, et que Galaut sait créer des scènes de persuasion énergiques (II, III.2, IV.2): il est évident que ce jeune avocat ne manquait pas de talent dramatique.

Il est intéressant de noter aussi que chez ce Méridional l'évolution post-humaniste de l'art dramatique en France a pris le même sens que chez les autres auteurs de tragédies contemporains, dont un bon nombre ont publié leurs ouvrages dans des provinces éloignées, et surtout en Normandie. Mélange de longs discours et d'action scénique, insouciance envers les unités de lieu et de temps et envers la bienséance[71], abandon des éléments didactiques et élégiaques de la tragédie humaniste, souci de la préparation et de la progression de l'action, goût des scènes de persuasion et du suspens: tous ces éléments que Lancaster a discernés chez les dramaturges de l'époque qui sépare Garnier et Corneille[72] sont présents dans *Phalante*.

Mais sur un point l'auteur toulousain devance la plupart de ses contemporains: il s'agit de la peinture des caractères et de l'intérêt psychologique de sa pièce. Car, comme l'a fait remarquer Dabney, «the

---

71 En ce qui concerne la bienséance, voir la description de plaisirs sensuels aux vv. 95-97 de *Phalante*.
72 *A History of French Dramatic Literature in the Seventeenth Century*, t. I, pp. 19-23, 45-53, 70-74.

author has a clear idea of dramatic struggle and possesses at least the rudiments of the method of psychological analysis of the classical drama» (p. 245).

Son portrait d'Hélène sert à illustrer le thème dominant de *Phalante*, à savoir le pouvoir transformateur de l'amour. Pour accentuer la transformation radicale qui s'accomplit chez son héroïne, l'auteur a soin de souligner, dès sa première scène, ses qualités morales et princières. Les vers de Philoxène prônent les «rares merites» de la reine, sa «haute noblesse», son «honneur» et son «beau jugement», ainsi que sa chasteté et sa tierté. A ces marques de sa dignité s'ajoute un souci de la prospérité de son pays, qui se manifeste dans les premiers vers d'Hélène, dans la deuxième scène. Dans cette même scène, Galaut suit Sidney en lui attribuant aussi l'horreur du mariage et un désir ardent de garder sa liberté personnelle: «m'estimant alors née pour commander, je ne pensois pas me pouvoir soubmettre volontairement à l'empire d'autruy, sans m'exposer à un infame mespris»[73]. Et l'Hélène française d'insister que s'il lui arrivait de prendre un époux, celui-ci devrait lui être égal en rang.

Mais combien est différente la reine qui reparaît au deuxième acte, ayant subi le choc de la passion! Ses vers servent désormais à proclamer, non plus sa liberté, mais sa servitude. Vaincue autant par la «beauté» de Phalante que par sa «façon honeste», son «cœur genereux» et sa «courtoisie», Hélène se convainc que le prince est digne d'elle. La fierté, la grandeur de tantôt sont oubliées par cette souveraine «captivée / Sous les loix de l'amour» (vv. 421-422), qui est prête maintenant à remettre son sceptre entre les mains de Phalante et à tomber «à ses pieds abbaissée» (v. 453), et qui ne peut résister à son impatience de se savoir aimée. Ainsi, dans ses deux entrevues avec Phalante (II, III.2), elle déclare ouvertement son ardeur, implore Phalante d'y répondre, et va jusqu'au chantage dans ses efforts de le persuader. Finalement, au cinquième acte, cette reine autrefois consciencieuse oubliera les intérêts de son royaume en se sacrifiant à son amour.

Alors que les critiques ont tendance à voir dans l'Hélène de Sidney l'union de la vertu et de l'amour[74], chez Galaut ces deux éléments sont plutôt consécutifs. Mais malgré sa transformation subite en amoureuse

---

73 *Arcadie*, trad. Baudoin, pp. 236-237; *Phalante*, vv. 251-262.
74 Voir, par exemple, A.C. Hamilton, *Sir Philip Sidney: A Study of his Life and Works*, Cambridge, 1977, p. 151.

forcenée, l'Hélène française ne perd pas la sympathie du lecteur. Quelques hésitations (éphémères, il est vrai) dictées par des restes de pudeur, des moments de lucidité qui annoncent les héroïnes de Racine, une certaine dureté envers Philoxène, le refus de céder à une impulsion de vengeance contre Phalante, la souffrance éprouvée d'avoir le cœur «entre espoir et crainte inconstant balancé» (v. 580) achèvent un portrait plus nuancé que celui de Sidney.

Victime, comme Hélène, de la passion amoureuse, Philoxène subit non seulement une transformation, mais aussi une dégradation. Le romancier anglais avait déjà dépeint un personnage qui, sous l'emprise de la jalousie, oublia ses sentiments d'amitié. Mais dans l'*Arcadie*, où Hélène raconte cette histoire d'un point de vue subjectif, le rôle de Philoxène est très effacé. Galaut lui donne plus de relief, le présentant dès la première scène, et lui attribuant des qualités admirables qui justifient la dévotion de Phalante. Outre sa forte amitié pour ce dernier (énoncée déjà aux vv. 5-6), il est doté de «merites parfaicts»: «jeune prudence», «valeur», «vertu». D'ailleurs, Galaut élabore sur le récit sidnéen en suggérant que la passion qui ronge son cœur avait été nourrie par le souvenir d'une familiarité et d'une affection partagées avec Hélène. La raison de Philoxène a beau lui dire que cette idylle juvénile a été détruite par l'élévation de la princesse, dont la «haute noblesse» ne lui permettrait pas d'aimer «si bassement»; son cœur résiste néanmoins à cette évidence, et ne peut étouffer l'espoir. Ainsi, au début de sa pièce, Galaut dépeint un personnage malheureux et fort digne, qui est loin de paraître le traître qu'il deviendra.

C'est au quatrième acte que le dramaturge fait voir les preuves de son avilissement. Son amour obsédant l'amène à oublier son devoir filial (oubli faisant contraste avec la sollicitude pour Timothée exhibée par Léon), et à se comporter envers Hélène d'une façon exigeante et importune: il manque de respect, il est impérieux, maladroit, «fascheux». En même temps, malgré l'amitié qu'il continue de ressentir pour son «aymé Phalante», son dépit l'amène à soupçonner injustement l'infidélité de son ami. La formule d'Hélène: «Parlés-moy pour Phalant» (v. 1146), suffit pour déclencher une envie de vengeance. Coupable d'un excès de méfiance, il ne permettra à son ami même pas l'occasion de s'expliquer. Convaincu de la trahison de Phalante, et en proie aux illusions créées par la jalousie, il dégénère lui-même en traître.

Philoxène et Hélène sont présentés donc comme des personnages incapables de résister à une passion néfaste, qui n'amène que «les douleurs, les ennuis, et les soucis mordans, / Les continus regrets, et les souspirs ardents» (vv. 349-350). Mais aux prises avec cette «fureur» — décrite dans la pièce comme un «mal violant», une «phrenesie», un «venin», un «tourment» —, ces deux amoureux sont des victimes complaisantes, qui se délectent à leur supplice. Philoxène avoue qu'il préférerait «mourir soudainement / Que vivre en liberté privé de [son] tourment» (vv. 507-508); et le poète parsème son texte de formules paradoxales selon lesquelles la «dure prison» d'un cœur est «sa plus belle gloire» (v. 514) et la «dure souffrance» des amants n'est autre qu'une «douce allegeance» (vv. 497-498). A un martyre si doux, le souci du devoir royal, de l'honneur ou de l'amitié offre peu de résistance. Ainsi donc, dans ses portraits d'Hélène et de Philoxène, Galaut ne développe pas la lutte potentielle qui est inhérente à leur transformation.

C'est dans son portrait — plus complexe et plus attachant — de Phalante que se décèlent la «lutte dramatique» et «l'intérêt psychologique» signalés par Dabney. Avant que le héros ne paraisse lui-même sur le théâtre, Philoxène et Hélène avaient exalté ses vertus et ses attraits, sa «courtoisie» et sa fidelité. Mais c'est sur cette dernière qualité que Galaut met l'accent dans I.3, développant le thème de l'amitié fidèle qui se trouvait dans l'*Arcadie* pour permettre à son héros de mettre en lumière toute la force de sa dévotion amicale: il éprouve lui-même la souffrance de Philoxène («Toutes ses passions en mon cœur sont empreintes», v. 320), et préférerait le repos de son ami à sa propre «joye». Il définit ainsi une attitude qui lui restera constante pendant toute la pièce, car il ne manquera pas d'accomplir son «fidelle devoir» et de servir les intérêts de Philoxène.

Cependant, pour admirable qu'il fût, un héros capable d'activer cette dévotion sans effort manquerait d'intérêt. Aussi Galaut offre-t-il un portrait plus compliqué de Phalante par rapport à celui de Sidney, pour faire valoir un conflit entre l'amitié et l'amour. Le Phalante qui écoute les déclarations et les appels d'Hélène n'est donc pas un Hippolyte devant une Phèdre. Car, bien qu'il continue de paraître «endurcy de rigueur» envers Hélène et de plaider la cause de son ami, ce n'est pas sans avoir à résister à la tentation. Ses premiers mots au deuxième acte montrent combien il est sensible à la beauté d'Hélène et à sa capacité d'inspirer l'amour — thème qui revient à plusieurs reprises dans ses vers ultérieurs[75]. Devant les «doux propos» de la reine, il est obligé d'avouer: «Je sens que mes esprits restent tous estonnés» (v. 584); et il va jusqu'à déclarer que s'il ne devait pas obéir à son devoir d'ami, il serait «trop heureux» d'accéder à son «offre [...] glorieuse». Et au terme de cette première entrevue, Phalante sort de la scène en grand désarroi:

> Beaux discours amoureux qui si fort m'obligés,
> Mais qui encore plus mon esprit affligés,
> Permettés s'il vous plaist que de vous je m'absente.
> Ma pensée confuse en doubte chancelante
> Ne sçauroit vous resoudre, et mes sens transportés
> Me laissent sans conseil en ces extremités.(vv. 667-672)

Cette crise est précipitée au troisième acte, où la résistance du héros est soumise à rude épreuve. D'abord, ses regrets s'expriment dans un monologue qui balance les deux forces inconciliables:

> Hélas en quel destroict mon destin me conduit?
> Il me faut repousser celle qui me poursuit,
> Pour ne navrer mon cœur d'une flesche amoureuse
> Il faut helas! il faut que cruel je refuse
> Ceste extreme beauté: celle dont les beaux yeux
> Peuvent brusler d'amour les hommes et les Dieux,
> Ceste extreme beauté en graces si fœconde,
> Qui merite l'amour du plus grand Roy du monde;
> Ou bien helas il faut que je sois ennemi
> Et traistre desloyal à mon plus cher ami.
> Princesse de Corinthe ô gracieuse Helene
> Et pourquoy n'aimés vous vostre beau Philoxene? [...]
> Mais que dis-je à ce coup? je m'accuse moy-mesme,
> Je suis par trop cruel et trop plein de rigueur
> A ceste Royne helas qui m'a donné son cœur.(vv. 857-874)

Mais aucune conclusion ne s'impose, et cette lutte intérieure est prolongée dans sa deuxième entrevue avec Hélène, où Phalante avoue son inclination amoureuse:

---

75   vv. 526, 534, 581-582, 589-590, 607-608, 860-864, 935-938, 943, 974-975.

Aussi le plus grand' heur qu'au monde je souhaite
C'est d'honorer sans fin vostre beauté parfaicte:
De vous voir à toute heure, et pouvoir tout joyeux
Sacrifier mon cœur au sainct feu de vos yeux;(vv. 947-950)

mais affirme qu'elle est contrecarrée par son devoir d'amitié:

Quand je veux vous aymer et que je delibere
D'accorder humblement vostre juste priere,
Je sens dans mon esprit un contraire penser
Qui repousse mon ame et me faict balancer;
Le nom de Phyloxene, et sa belle memoire
Sur mes propres desirs emporte la victoire [...](vv. 955-960)

Pendant cette scène, Phalante ne cesse de servir la cause de son ami, et finalement il rejette l'amour d'Hélène pour ne pas trahir sa «parolle engagée». Mais, grâce à l'emploi du «dilemme tragique», Galaut montre que cette persistance et cette victoire ne sont pas obtenues à peu de frais. Dans cette pièce, Phalante seul résiste aux leurres de la passion amoureuse. Sortant victorieux de cette lutte et gardant intact tout l'idéalisme qui s'attache à sa conception de l'amitié, Phalante se définit d'autant mieux comme un «héros».

L'intérêt psychologique de *Phalante* réside donc dans une large mesure dans l'emploi assez soutenu qui y est fait du «dilemme tragique». C'est d'ailleurs l'une des premières tragédies françaises à la charnière des XVIe et XVIIe siècles à accorder une place importante à ce procédé qui aura un rôle central dans la dramaturgie cornélienne[76].

L'héroïsme de Phalante est rehaussé par une modification que Galaut apporte au récit sidnéen de l'assaut que Philoxène livra à son ami: dans le roman, nous lisons qu'Amphialus fut obligé de se défendre, et qu'il le fit «si vaillamment, que du premier coup qu'il porta sur Philoxene, le malheureux Chevalier tomba mort à ses pieds»; mais dans la tragédie, alors que le héros pare à ses coups, Philoxène «s'enferre luy mesme», et sa mort est donc fortuite[77]. De plus, l'héroïsme de Phalante est agrandi par

---

76 Voir notre article, «The dilemma monologue in pre-Cornelian French tragedy (1550-1610)», in *En marge du classicisme: Essays on the French Theatre from the Renaissance to the Enlightenment*, ed. Alan Howe & Richard Waller, Liverpool, 1987, pp. 27-63.

77 *Arcadie*, trad. Baudoin, p. 253; *Phalante*, vv. 1319-1322.

le regret profond qu'il éprouve devant la douleur qu'il cause aux autres, et par la générosité qu'il continue de manifester envers Philoxène, même après en avoir été assailli et accusé injustement de trahison. Finalement, le héros se trouve ennobli par les expressions de culpabilité qui suivent la mort de ses proches. Car dans cette pièce où les «astres rigoureux» sont invoqués comme les sources de l'infortune humaine, où interviennent une voix surnaturelle et des présages de malheur, et où Phalante ressent cruellement l'injustice d'un sort qui semble l'avoir destiné à servir d'exemple du courroux des «Dieux adversaires», le héros de Galaut ne s'empresse pas moins d'endosser toute la responsabilité de ses propres actes. Tel la Phèdre de Racine, il se juge trop sévèrement[78]; mais, comme chez cette héroïne, le sentiment exagéré de sa propre culpabilité, qui avive son deuil et l'amène à s'immoler, est une marque de son humanité et de sa dignité.

La qualité tragique de *Phalante* est donc incontestable. Et quoique l'amour soit l'agent de destruction pour tous les personnages de cette pièce, c'est Phalante qui en est le vrai héros tragique. Ce n'était pas le cas dans l'*Arcadie*, où Amphialus n'avait pas à lutter contre la tentation de l'amour; du reste, s'étant éloigné vers la fin de l'histoire de Sidney, il avait indiqué que c'était Hélène qu'il tenait responsable de toutes ses infortunes, et qu'il lui réservait une haine implacable. Au lieu de suivre l'auteur anglais, et de façonner une pièce dans le moule des tragédies humanistes et néo-sénéquiennes en mettant l'accent sur les plaintes de la reine (dont Sidney dit que son cœur n'était «qu'un theatre à tragedies»[79]), Galaut met en vedette le sort injuste du héros. Il fait ressortir d'autant mieux l'échec de l'idéalisme dans un univers régi par des forces aveugles et indifférentes à la vertu, ainsi que le caractère profondément ironique de cette histoire. Première ironie tragique: celui qui personnifie l'amitié fidèle est assailli par son ami, par cet «autre moy-mesme», que par mésaventure il tue de son propre fer. Autre ironie: dans cette tragédie de l'amour et de l'amitié, donc de la solidarité, un thème principal s'avère être celui de l'isolement. Outre que les personnages cherchent constamment à «s'absenter» ou à s'écarter «bien loing», dans quelque «lieu solitaire» ou «lieu secret», afin d'y «souspirer» leur misère, la situation finale de Phalante, unique survivant entouré de cadavres, est

---

78 Comme chez Phèdre aussi, la révulsion de soi s'exprime chez Phalante par une horreur de la lumière.
79 *Arcadie*, trad. Baudoin, p. 254.

d'une solitude absolue et insupportable — isolement couronné par l'acte de se crever les yeux.

Malheureusement, le style poétique de *Phalante* n'est pas au même niveau que sa conception dramatique. Les *pièces montées* que le dramaturge emprunte à la tragédie humaniste ne servent que rarement ici à véhiculer des tours de force de la rhétorique. On ne trouve dans cette pièce qu'une seule comparaison soutenue (vv. 1007 sqq.), qu'un seul cas de l'*adunaton* (vv. 966-972), qu'un emploi discret des sentences[80] et de la mythologie; et on y chercherait en vain le foisonnement d'éléments lexicaux et syntaxiques — archaïsmes, néologismes, mots savants, termes de métier, patronymiques, latinismes, infinitifs substantivés, adjectifs composés — qui, depuis Jodelle jusqu'à Hardy, avaient fait de la tragédie un véhicule pour l'*illustration* de la langue française. Comme son contemporain Pierre de Laudun d'Aigaliers, auteur d'un *Art poétique françois* (Paris, 1597) et lui aussi lauréat (en 1605) aux Jeux Floraux de Toulouse, Galaut se montre résolument moderne en rejetant le pédantisme[81]. Le résultat est parfois agréable: par exemple, les apostrophes émouvantes, soutenues sans être lourdes, par lesquelles s'exprime le deuil de Phalante, au dernier acte. Mais trop souvent le poète n'évite pas l'écueil de la platitude[82]. Tandis que Laudun préconisait une simplicité élégante, chez Galaut l'élégance est fréquemment étrangère à la simplicité de son style, qui côtoie plutôt la fadeur et le prosaïsme. Manquant de recherche, maints passages manquent aussi de gravité et de charme.

Le même défaut caractérise la versification de cette tragédie. Les rimes «rares» sont, osons le dire, rarissimes (une exception peut-être, aux vv. 153-154: *Corinthe/absinthe*). En revanche, combien de rimes faciles, où se rencontrent des mots banals (*luy/celuy*, *vous/nous*, *là/cela*, *aussi/icy*, *cecy/ainsi*, *cecy/icy*), et parfois des mots apparentés (*printemps/passetemps*, *tousjour/jour*) ou qui s'appellent (*gloire/victoire*)! Quant à la métrique, l'auteur fait un emploi régulier de l'hiatus, donne souvent une valeur syllabique à l'*e* atone (dit *e* muet)

---

80 Aux vv. 113-114, 226, 235-237, 462-463, 471-472, 665-666.

81 Sur l'idéal poétique de Laudun, voir Dedieu, *op. cit.*, pp. 48-53, 57-62.

82 A la banalité du style correspond parfois celle des thèmes: par ex. les remarques sur la santé d'Hélène et de Timothée (vv. 1065-1068, 1088-1092).

après une voyelle tonique[83], et omet parfois d'employer la césure classique[84] — procédés qui seraient condamnés par Malherbe, mais qui étaient typiques des licences que se permettaient les héritiers de la Pléiade. Cependant, c'est d'une marque plus individuelle de maladresse ou d'insouciance de la part de l'auteur que témoigne la présence dans *Phalante* de dix vers irréguliers. Aux vers 176, 192, 353, 557, 635, 811, 1027, 1282, 1404, et 1427, Galaut laisse un *e* muet devant consonne entre les deux hémistiches de l'alexandrin, faisant une syllabe de trop. Il ressuscite ainsi la césure féminine ou «césure épique», courante au Moyen Age, mais sortie de l'usage au XVIe siècle[85]. Cette licence, qui neuf fois sur dix se trouve à la fin d'un nom propre (le v. 353 fait l'exception), aurait pu être évitée par l'emploi de l'une des formes syncopées auxquelles le poète a recours dans d'autres vers de sa pièce: par exemple, *Phalant'* ou *Phalant*, pour *Phalante*.

Ainsi cette tragédie offre au lecteur de Galaut un paradoxe singulier: étant l'unique pièce de théâtre composée par un auteur très expérimenté dans tous les genres de la poésie, elle vaut bien moins pour le travail du poète que pour celui du dramaturge. De ce dernier, la conduite de l'action, les portraits vifs des caractères, et surtout un certain approfondissement psychologique obtenu par l'emploi du dilemme, font regretter, nonobstant le style souvent insipide et assommant du poète, qu'il ne se soit pas essayé plus d'une fois à la tragédie.

La pièce de Galaut ne fut pas ignorée par les dramaturges de la génération de Corneille. Lancaster a fait remarquer que le vers 665 de *Phalante*: «Cil qui ne s'ayme point ne peut aymer personne», trouve un écho dans *Chryséide et Arimand* (Paris, 1630), tragi-comédie de Jean Mairet: «Qui n'aime pas soy-mesme il n'aime pas autruy» (v. 906); et que les vers 335-336 de Galaut: «Je te suivray par tout, le nœud qui nous assemble / Veut que s'il faut mourir nous mourions tous ensemble», reparaissent sous une forme presque identique dans cette tragi-comédie: «Console toy mon cœur, le nœud qui nous assemble, / Veut que si nous

---

83 Dans des participes passés en -*ée* (vv. 354, 761, 768, 1256) et d'autres formes verbales (vv. 319, 357, 416, 434, 569, 616, 743, 1030, 1148, 1381, 1637), ainsi que dans des substantifs (vv. 61, 382, 670, 798, 881, 971, 1238, 1569) et dans un nom propre (v. 681).

84 Par ex. aux vv. 243, 752, 797, 1279, 1351.

85 Cf. W. Théodore Elwert, *Traité de versification française des origines à nos jours*, Paris, Klincksieck, 1965, pp. 63-66.

mourons, nous mourions tous ensemble»[86]. L'ouvrage de Galaut a servi aussi de source principale à la tragédie *Phalante* (Paris, 1642) de La Calprenède (*c.*1610-1663), auteur gascon qui, selon la tradition, avait fait ses études (peut-être en droit) à Toulouse[87]. Comme l'a démontré Lancaster[88], cet auteur ne doit rien à l'*Arcadie* qui ne se trouve pas chez Galaut; en revanche, il adopte certaines modifications introduites par son devancier: le nom du héros, la mort accidentelle de Philoxène, le double suicide d'Hélène et de Phalante. Déployant un talent plus accompli pour la poésie, La Calprenède adapte le sujet aux goûts de son époque: l'action n'exige pas plus de vingt-quatre heures, le duel des deux amis a lieu en coulisse, Phalante ne se crève plus les yeux, et la mythologie classique est presque totalement éliminée. D'autres éléments introduits par Galaut sont omis: le songe et l'évocation nécromantique du père, l'intervention de l'Ombre, l'incident de la bergère poursuivie par des satyres. Le dénouement de Galaut est modifié: consumés par la honte et le désespoir, Hélène boit du poison et Phalante meurt auprès d'elle après de tendres aveux — conclusion émouvante imaginée par un dramaturge qui apporte aussi des changements aux caractères des protagonistes pour les rendre plus nuancés et plus pitoyables. Son Philoxène est un amoureux plus patient, au cœur plus noble, qui disculpe son ami avant de mourir. Son Hélène est une amoureuse plus modeste et une reine plus fière, dont la pudeur et la vertu ne cessent de lutter contre l'amour. Phalante est déchiré cruellement et continuellement entre l'amour et l'amitié. Comme notre étude précédente l'aura démontré, Lancaster a tort de soutenir que le *Phalante* de 1642 innove de toutes pièces en présentant un héros sensible à l'amour d'Hélène. Il n'en reste pas moins que l'intérêt principal de la tragédie de La Calprenède réside dans la mise en valeur des dilemmes des personnages — c'est-à-dire, dans un procédé qui constituait

---

86 Lancaster, *art. cit.*, p. 75, n. 11; cf. son édition de *Chryséide et Arimand*, Baltimore, The Johns Hopkins Press, 1925, pp. 160-161, note aux vv. 1631-1632. Ces deux vers de Galaut (ou de Mairet) sont imités aussi dans *La Mort de Mithridate* (Paris, 1637), tragédie de La Calprenède: «On ne peut deslier le nœud qui nous assemble, / Mais puis qu'il faut perir, nous perirons ensemble» (V.1; cf. Lancaster, *A History* ..., t. II, p. 62, n. 15); et ils se retrouvent dans le *Phalante* du même auteur: «Considerez un peu le nœud qui nous assemble, / Que par un mesme coup nous perirons ensemble» (III.2, p. 40).

87 G.P. Snaith (éd.), *La Mort des enfans d'Herodes, ou suite de Mariane*, Exeter, 1988, p. v; cf. du même auteur, «Aspects of La Calprenède's Drama», thèse doctorale inédite de l'université de Cambridge, 1983, p. 7.

88 *art. cit.*, p. 76; cf. du même auteur, *A History* ..., t. II, pp. 366-367, et «La Calprenède dramatist», *Modern Philology*, t. XVIII, 1920-1921, pp. 121-141, 345-360 (p. 350).

déjà l'un des mérites plus modestes du *Phalante* de son devancier toulousain.

L'établissement du texte

Nous ne connaissons qu'une seule édition de *Phalante*: celle qui paraît aux pages 73-147 (signées E1^r-H2^r) du *Recueil des divers poemes et chans royaux [...] de J. Galaut*, publié à Toulouse en 1611 (sans privilège ni achevé d'imprimer) par la veuve de Jacques Colomiez et son fils Raymond. La description d'un exemplaire idéal du *Recueil* se lirait ainsi:

RECVEIL | DES DIVERS | POEMES ET | CHANS ROYAVX. | [petit motif] | *Auec le commencement de la | traduction de l'Æneide. | DE* | I. GALAVT ADVOCAT | au Parlement de Tolose. | [motif] | A TOLOSE, | Par la Vefue de Iacques Colomiez, & | R. Colomiez, Imprimeurs ordinai- | res du ROY & de l'Vniuersité. | [barre] | *M.DC.XI.*

1 vol. in-12: A^{12} (- A11,12), χ1, B-L^{12} (± D11,12); 11 feuillets non paginés, 238 pages (numérotées 1-238), 1 feuillet blanc. Les feuillets A1, A3-5, χ1, D4-5, E1 ne sont pas signés; les pp. 69, 83, 142 sont mal chiffrées «71», «38», «124».

A1^r Titre; A1^v en blanc; A2^r-A2^v «L'Imprimeur au lecteur»; A3^r-A5^r «Table des poesies de M^e. Jean Galaut»; A5^v-A10^v Poésies liminaires; χ1^r en blanc; χ1^v Portrait gravé de Galaut, exécuté par Jaspar Isaac[89]; B1^r-L11^v (pp. 1-238) «Recueil des diverses poesies, de J. Galaut»; L12 en blanc.

---

89 Ce portrait, que nous reproduisons en frontispice, montre le poète-avocat habillé de la robe de laine noire et du chapeau fourré des avocats du Parlement (cf. Dubédat, *op. cit.*, t. I, p. 233), et la tête couronnée de lauriers. Le portrait est entouré d'une inscription latine: *«JOANNES. GALAVDVS. OBiit. ANN. DOM. MDCV. MENS. SEPTEMB. VJXJT. AN. XXX»*, à l'intérieur de laquelle se lit une deuxième inscription: *«DJGNVM LAVDE VIRVM MVSA VETAT MORI»*. Sous le portrait, se trouvent des vers: «Si dun artifice noueau / Son esprit comme son uisage / Estoit portrait en ce tableau / Celuy qui uerroit ceste image / Ne vist onques rien de si beau», et la signature: «Iaspar Isac fecit». Graveur et marchand d'estampes établi à Paris, Jaspar (ou Gaspard) Isaac fut probablement le fils du peintre Pieter Isaacsz. Il est connu surtout pour ses portraits et planches faits pour les libraires (cf. E. Bénézit, *Dictionnaire critique et documentaire des peintres, sculpteurs, dessinateurs et graveurs [...]*, nouv. éd., 10 vol., Paris, Gründ, 1976, t. V, p. 729).

De cet ouvrage nous connaissons trois exemplaires, que nous avons collationnés: Paris, Bibliothèque de l'Arsenal, Rf.6154[90]; Toulouse, Bibliothèque Municipale, Rés.D.XVII.221; Versailles, Bibliothèque Municipale, Goujet in-12, 122. Entre les trois on peut remarquer certaines différences, mais qui ne concernent pas le texte de *Phalante*[91].

De plus, il existe un autre in-12 de *Phalante*, conservé à l'Arsenal (8° BL 14017), qui offre un texte en tous points identique de cette tragédie. Il s'agit des pages 73-148 (feuillets E1-H2) extraites du *Recueil des divers poemes* et reliées séparément, la page 148 contenant les premiers vers des *Chans royaux*.

C'est un volume semblable fait de feuillets détachés du *Recueil* que, selon toute probabilité, La Vallière avait devant lui quand il répertoria un «PHALANTE, Tragédie anonyme, 1610, *in-8°*, sans nom de ville ni d'Imprimeur» — pièce dont il donna une analyse qui convient parfaitement à la tragédie de Galaut[92]. Le titre de celle-ci, à la page 73 du *Recueil des divers poemes*, ne citait pas l'auteur, l'imprimeur ou la ville; mais pourquoi l'aurait-il fait quand tous ces renseignements étaient imprimés au titre du volume? Il est vrai que la date et le format donnés par La Vallière ne correspondent pas à ceux du *Recueil*, ce qui inspira Rigal à se demander s'il n'y aurait pas eu deux éditions de cette tragédie: «Faut-il croire qu'en 1610, d'après un manuscrit dérobé ou d'après une audition théâtrale, on avait donné une édition clandestine d'une œuvre de Galaut?»[93] Mais, comme l'a remarqué Lancaster, parmi les bibliographes du XVIIIe siècle la confusion n'est pas rare entre les volumes in-8° et in-12, et la date de 1610 aurait été empruntée aux Frères Parfaict, qui, sans connaître la pièce, avaient assigné cette date au *Phalante* mentionné par

---

90 Inscrit sous le nom de «J. Galant» dans le catalogue du fonds Rondel.

91 Le portrait de Galaut manque dans les exemplaires de l'Arsenal et de Versailles, le feuillet blanc (L12) dans ceux de l'Arsenal et de Toulouse. Ce dernier renferme 14 feuillets du cahier D, les ff. D11-12 ayant été imprimés en deux versions différentes. Lors de la première imposition, l'ordre des pp. 69-72 se trouvait erroné, la page 68 (D10v) étant suivie par les pp. 72, 70, 71, 69. S'apercevant de cette erreur, l'éditeur fit recomposer les feuillets D11 et D12, y introduisant plusieurs modifications quant à la graphie et la mise en page, ainsi qu'une nouvelle erreur: la page 69 (D11r) est mal chiffrée «71». Les deux feuillets recomposés remplacent les originaux dans les exemplaires de l'Arsenal et de Versailles, et suivent les originaux dans celui de Toulouse. (Les erreurs de pagination aux pp. 69, 83 et 142 ont été corrigées à la main dans l'exemplaire de Versailles.)

92 La Vallière, *op. cit.*, t. I, pp. 440-441.

93 Rigal, *Le théâtre français avant la période classique*, p. 322.

Bruscambille[94]. L'existence d'une édition de 1610 nous semble donc peu probable; selon toute vraisemblance, l'exemplaire examiné par La Vallière était identique à celui de l'Arsenal.

En reproduisant le texte de 1611, nous avons corrigé les coquilles évidentes qui suivent:

1 auioud'huy — 43 voules-vous — 139 dire' — 201 honnore' — 204 esmeuté — 289 Retourné — 290 d'ont — 299 d'estourner — 332 d'ont — 382 belle' — 405 scay — 428 monde' — 430 grande' — 438 il [...] ont — 446 veuilles — 510 C'este — 512 captiuite —525 fidelle' — 614 vn ame si cruelle — 661 cest ame chetifue — 662 ce priue — 732 permetes — 733 permetés-pas — 778 m'on — 783 bons-Dieux — 836 Lombre — 1073 quest — 1096 cest isle — 1101 qui la [= l'a] faict — 1135 vn ame plus douce — 1169 Cest moqué — 1187 seueré — 1316 furueur — 1321 meutriere — 1326 d'nfidelle — 1337 cest epart —1345 ta priué — 1348 la trespas — 1408 ce deux — 1418 La [...] rencontré — 1479 quï —1511 Insqu'a — 1556 ny a — 1637 do mon

Nous respectons la graphie et la ponctuation de l'édition originale, sous les réserves suivantes. Pour la graphie: distinction entre *i* et *j*, et entre *u* et *v*; résolution des abréviations & (pour *et*) et le tilde (pour *m*, v. 1546); et addition ou élimination de signes diacritiques pour distinguer entre *ou* et *où*, *la* et *là*, *a* et *à*, *cest* et *c'est*, *qu'elle* et *quelle*. Quant à la ponctuation, quoique les éditeurs toulousains usent très frugalement de virgules pour encadrer les subordonnées, et de traits d'union devant le pronom dans les formes interrogatives et impératives du verbe, le sens des vers se communique généralement sans difficulté, et nous n'apportons de modifications que dans les cas (assez peu nombreux) où elles s'imposaient pour assurer la compréhension. Ainsi, nous rayons les deux points se trouvant à la fin des vv. 513, 753; nous fournissons un signe de

---

94 Lancaster, *art. cit.*, p. 75; cf. François et Claude Parfaict, *Histoire du théâtre françois depuis son origine jusqu'à présent*, 15 vol., Paris, Le Mercier et Saillant, 1745-1749, t. IV, pp. 135-139. Roméo Arbour suit la tradition des Frères Parfaict en assignant la date de 1610 à l'exemplaire détaché de l'Arsenal, qu'il attribue à «Jean Galaud» (*L'Ere baroque en France: répertoire chronologique des éditions des textes littéraires*, 5 parties en 4 vol., Genève, Droz, 1977-1985, t. II, p. 188).

ponctuation à la fin de 85 vers[95]; nous substituons un point final à la virgule placée en fin des discours aux vv. 271, 486, 487, 640, 1282; et nous modifions un certain nombre de leçons:

8 esbahis. — 9 grandeur ma — 13 brillant: — 16 desespoir. — 49 faict se — 59 voy vostre [...] obstiné, — 90 couronne, — 120 tenaillé, — 161 sagesse, — 197 Isle, — 218 amour. —256 mariage, — 264 asseurance, — 372 esperance, — 422 l'amour? — 426 sacrées, — 445 loix: Si — 487 il est — 524 Dieux, — 559 Phalante celuy 564 deçoys sont — 589 grace: — 615 yeux ces — 616 amours. — 618 priere, — 676 amour je — 831 changement, — 866 ami, — 872 coup je — 887 vous je [...] supply quand — 895 Philoxene il — 961 yeux; —991 ame? — 997 Atheros petit — 1013 Triste desesperé n'ayant — 1054 chesnu? — 1062 luy: — 1064 moy que — 1065 Phalant. — 1083 pere? — 1084 desespere. — 1089 malheur, —1124 beautés humble — 1157 Philoxene et — 1171 effronté? — 1203 vay Dieux — 1256 voller, — 1268 despit de — 1274 place. — 1286 meschante. — 1290 cholere. — 1344 ami; — 1383 drus plus — 1448 vaux par — 1496 jour; — 1516 passés? — 1522 choleres? — 1558 deteste? — 1562 vexée. — 1597 Phœbus sa — 1610 peine, — 1627 qui de

Du reste, nous apportons au texte de 1611 les modifications suivantes: addition de l'indication «SCENE I.» au début des actes III-V, et du nom de L'Ombre qui manquait en tête de III.1; transcription en toutes lettres des noms des interlocuteurs (généralement abréviés dans l'édition originale), que nous centrons sur la page; substitution de minuscules aux majuscules employées pour le titre courant qui paraît aux versos; remplacement dans les titres courants de «TRAGEDIE.» aux rectos par l'indication de l'acte; élimination des «réclames» et des signatures figurant en bas des pages, de la barre qui précède la liste des Acteurs, des bandeaux figurant sur la page de titre, et de ceux placés en tête de chaque

---

95 vv. 21, 37, 39, 42, 49, 55, 66, 73, 101, 103, 118, 119, 150, 165, 173, 182, 265, 288, 300, 304, 321, 323, 325, 357, 360, 374, 375, 381, 483, 489, 558, 563, 655, 657, 680, 702, 782, 811, 832, 856, 885, 935, 965, 973, 979, 980, 1042, 1052, 1061, 1065, 1073, 1074, 1075, 1082, 1090, 1107, 1123, 1181, 1201, 1235, 1269, 1270, 1281, 1285, 1308, 1313, 1343, 1346, 1385, 1391, 1392, 1428, 1429, 1430, 1434, 1478, 1481, 1498, 1499, 1520, 1530, 1545, 1572, 1627.

acte et scène; substitution de caractères romains aux italiques de l'édition originale; et addition en marge, entre crochets, de la pagination de l'édition princeps (corrigée pour les pp. 83 et 142).

BIBLIOGRAPHIE SOMMAIRE

Ouvrages historiques et littéraires

Ascoli, Georges: *La Grande-Bretagne devant l'opinion française au XVIIe siècle*, 2 vol., Paris, Gamber, 1930.

Dabney, Lancaster E.: *French Dramatic Literature in the Reign of Henri IV: A Study of the Extant Plays Composed in French between 1589 and 1610*, Austin (Texas), The University Cooperative Society, 1952.

Dawson, John Charles: *Toulouse in the Renaissance: The Floral Games; University and Student Life; Étienne Dolet (1532-1534)*, New York, Columbia University Press, 1923.

Dedieu, Joseph: *Pierre de Laudun d'Aigaliers: L'Art poétique français, édition critique. Essai sur la poésie, dans le Languedoc, de Ronsard à Malherbe*, Toulouse, Siège des Facultés libres, 1909.

Dubédat, [Jean-Baptiste]: *Histoire du Parlement de Toulouse*, 2 vol., Paris, Arthur Rousseau, 1885.

Gélis, F. de: *Histoire critique des Jeux Floraux depuis leur origine jusqu'à leur transformation en Académie (1323-1694)*, Toulouse, Edouard Privat, 1912.

Gélis, F. de, et J. Anglade: *Actes des Jeux Floraux: actes et délibérations du Collège de Rhétorique, 1513-1641*, 2 vol., Toulouse, Privat, 1933-1940.

Howe, Alan: «The dilemma monologue in pre-Cornelian French tragedy (1550-1610)», in *En marge du classicisme: Essays on the French Theatre from the Renaissance to the Enlightenment*, ed. Alan Howe & Richard Waller, Liverpool, Liverpool University Press, 1987, pp. 27-63.

Lancaster, Henry Carrington: «Sidney, Galaut, La Calprenède: an early instance of the influence of English literature upon French», *Modern Language Notes*, t. XLII, 1927, pp. 71-77.

Lancaster, Henry Carrington: *A History of French Dramatic Literature in the Seventeenth Century*, 5 parties en 9 vol., Baltimore, The Johns Hopkins Press, et Paris, Les Belles Lettres, 1929-1942.

Laurent-Gousse, Jean-Théodore: *Biographie toulousaine, ou dictionnaire historique des personnages qui [...] se sont rendus célèbres dans la ville de Toulouse [...]*. Par une société de gens de lettres, 2 vol., Paris, Michaud, 1823.

Osburn, Albert W.: *Sir Philip Sidney en France*, Paris, Champion, 1932.

Ramet, Henri: *Histoire de Toulouse*, Toulouse, Tarride, 1935 (réimpr., Marseille, Laffitte, 1977).

Sidney, Sir Philip: *L'Arcadie de la Comtesse de Pembrok, composee par Messire Philippe Sidney, Chevalier Anglois, et mise en nostre langue, par J. Baudoin*, 3 parties, Paris, Toussaint du Bray, 1624-1625.

Wolff, Philippe (éd.): *Histoire de Toulouse*, Toulouse, Privat, 1974.

Dictionnaires et manuels de langue[1]

Brunot, Ferdinand: *Histoire de la langue française des origines à nos jours*, nouvelle éd., 13 vol., Paris, Colin, 1966-1979.

---

[1]   Ouvrages utilisés dans la préparation du glossaire et des notes sur le texte.

Cotgrave, Randle: *A Dictionarie of the French and English Tongues*, Londres, Adam Islip, 1611 (réimpr., Columbia, University of South Carolina Press, 1950).

Dictionnaire de l'Académie françoise, 2 vol., Paris, Coignard, 1694.

Dubois, Jean, René Lagane et Alain Lerond: *Dictionnaire du français classique: le XVIIe siècle*, nouvelle éd., Paris, Larousse, 1992.

Furetière, Antoine: *Dictionnaire universel*, 3 vol., La Haye et Rotterdam, A. et R. Leers, 1690.

Gougenheim, Georges: *Grammaire de la langue française du seizième siècle*, nouvelle éd., Paris, Picard, 1974.

Greimas, Algirdas, et Teresa Mary Keane: *Dictionnaire du moyen français: la Renaissance*, Paris, Larousse, 1992.

Haase, A.: *Syntaxe française du XVIIe siècle*, trad. M. Obert, 7ème éd., Paris, Delagrave et Munich, Hueber, 1969.

Huguet, Edmond: *Dictionnaire de la langue française du seizième siècle*, 7 vol., Paris, Champion et Didier, 1925-1967.

Nyrop, K.: *Grammaire historique de la langue française*, 6 vol., Copenhague, Gyldendalske Boghandel, 1903-1930.

PHALANTE

TRAGEDIE

PHILOXENE Prince.

PHALANTE Prince estranger.

LEON Gentilhomme.

THIMOTHEE Pere de Philoxene.

HELENE Royne de Corinthe

EURILAS Gentilhome de Thimothée.

OMBRE.

MELISSE, et CARIE Damoiselles.

PHALANTE

ACTE PREMIER

SCENE I.
Philoxene. Leon.

Philoxene.

QUe me sert aujourd'huy de voir ma renommée
En mille et mille lieux heureusement semée,
Pour avoir maintesfois sous la faveur de Mars
Despité la fortune au milieu des hazards,
5   Assisté seulement de mon aimé Phalante:
Mon Phalante, mon tout, dont la gloire naissante
Remplit toute l'Asie; et ja dans ce païs
Rend de ces[1] beaux effects les hommes esbahis?
Que me sert ma grandeur, ma force et ma jeunesse
10   Si mon cœur est pressé d'ennuis et de tristesse,
Si je languis malade et proche du cercueil
Blessé despuis long temps des atraicts d'un bel œil;
D'un œil clair et brillant, qui monstre en apparence
La douceur, le plaisir, la paix et l'esperance;   [76]
15   Mais las qui tost aprés en mourant nous faict voir

---

1   «Malherbe veut qu'on distingue par l'orthographe *ses* de *ces* [...] C'est la fin d'une confusion fréquente dans les impressions du XVIe siècle» (Brunot, t. III, pp. 289-290); cf. v. 91. Nous renvoyons à la Bibliographie pour tous les manuels de langue cités dans les notes du texte.

La rigueur, les tourmens, l'ire et le desespoir?
O fiere et chaste Helene, ô ma douce meurtriere
Pourquoy vis-je jamais du Soleil la lumiere,
Si les cruels destins de toute chose aucteurs
20   Devoyent plonger mon ame en la nuict des malheurs?
Ou pourquoy mes deux yeux amoureux et mal-sages,
Pourquoy darderent-ils leurs prunelles volages
Sus ceste grand² beauté, si son cœur ne devoit
Sentir le mesme mal que le mien esprouvoit?
25   Belle mon cher soucy, las faut-il que j'accuse
Vostre cœur desdaigneux qui mon amour refuse?
Ou bien faut-il plustost, faut-il que contre moy
Je tourne mes fureurs, et me pleigne dequoy
Le Ciel versa sur moy de³ graces trop petites
30   Pour estre digne object à vos rares merites?
O astres rigoureux que ne me fustes vous
Lors que je fus conceu plus humains et plus doux?
Que ne me donniés vous à l'esgal de ma Dame
Plus d'attraits en la face, et de graces en l'ame?
35   Je serois aimé d'elle, et mon œil bien-heureux
Peupleroit son esprit de desirs amoureux,
Au lieu que maintenant voyant ma petitesse,
Pour ne rien⁴ desroger à sa haute noblesse
Et pour ne faire tort à son beau jugement,   [77]
40   Son honneur luy defend d'aimer si bassement.

Leon.

Las orrons-nous tousjours vostre voix langoureuse
Redire les accents d'une plainte amoureuse?
Philoxene mon Prince! he voulés-vous tousjours

---

2   Forme ancienne du féminin de l'adjectif qui coexistait avec *grande* (cf. Brunot, t. II, pp. 283-286).
3   A plusieurs reprises dans cette pièce (cf. vv. 94, 800, 814, 944), Galaut emploie *de* comme pluriel de l'article indéfini, là où il n'y a pas d'adjectif exprimé. Cet usage survivrait assez tard au XVIIe siècle (cf. Brunot, t. II, p. 280, et t. III, pp. 433-434).
4   «*Rien* construit avec la particule *ne* a l'acception d'un adverbe, latinisme qui s'est conservé dans quelques locutions comme: *rien ne sert*» (Haase, p. 108). Le sens serait donc «en rien, en aucune façon»; cf. v. 1597.

Souspirer à l'escart vos cruelles amours[5]!
45   Je croyois voirement, et sous ceste asseurance
J'ay loüé mille fois vostre jeune prudence,
Je croyois que vostre ame en partant de ce lieu
Eust dict à ses amours un eternel adieu.
Philoxene a bien faict, se[6] disois-je en moy-mesme,
50   Si pour remedier à sa douleur extreme
Il va voir le pays, preferant genereux
Les lauriers de Bellone[7] aux plaisirs amoureux.
Comme un Parthe leger d'une course subite
Dompte ses ennemis lors qu'il se met en fuite[8],
55   Ainsin[9] celuy qui sçait les amours esviter,
Celuy[10] peut beaucoup mieux aux amours resister:
Il estoufe leurs feux, il rabaisse leur gloire,
Et s'acquiert en fuyant une belle victoire.
Mais à ce que je voy, vostre cœur obstiné
60   Sous les ceps de l'Amour fut tousjours enchaisné,
Et courant vagabond les contrées d'Asie
Vous portiés dans le cœur la mesme phrenesie
Qui vous surprint jadis lors que par deux beaux yeux
Le venin de l'amour vous rendit furieux.

---

5   Reflétant les conventions et les incertitudes de l'époque, *amour* est tantôt féminin (cf. vv. 66, 177, 452, 468, 553, 649, 830, 849, 1164, 1208, 1266, 1450, 1510), tantôt masculin (vv. 117, 494, 528, 566, 572, 632, 661, 666, 676, 923-924). De même, *aage* s'emploie aux deux genres (fém. aux vv. 81, 697; masc. aux vv. 591, 1059), alors que *amorce* (v. 1162), *cuirasse* (v. 1339), et *foudre* (vv. 1300, 1301, 1398) sont masculins, et que *idole* est féminin (v. 784). Voir aussi les notes aux vv. 331, 614, 712, 1245.

6   Dès la Renaissance, «le pronom réfléchi *se*, qui représente régulièrement la troisième personne, s'emploie aussi [...] à la première et à la deuxième» (Nyrop, t. V, p. 93; cf. pp. 246-248). Une autre possibilité, c'est que le manuscrit de Galaut portait «ce disois-je».

7   Déesse romaine de la guerre, identifiée à la déesse grecque, Enyô. Quoique cette pièce soit située en Grèce, Galaut préfère substituer aux divinités grecques leurs homologues de la mythologie romaine.

8   Ancien peuple de l'Asie, les Parthes étaient des cavaliers redoutables, qui avaient maîtrisé l'art de simuler la fuite et de lancer sur leurs adversaires des flèches tirées par-dessus l'épaule (d'où l'expression «décocher la flèche du Parthe»).

9   «La prononciation nasalisée *ainsin* pour *ainsi* était une prononciation parisienne qui avait tendance à se répandre parmi les courtisans [...]. Ronsard et Montaigne se servaient volontiers de cette forme devant un mot à initiale vocalique, pour éviter l'hiatus [...]. Mais d'autres écrivains, surtout des Gascons, l'emploient même devant consonne» (Gougenheim, p. 25). Galaut compte parmi ces derniers car, sur 21 occurrences d'*ainsin*, une seule (au v. 102) est amenée par des considérations d'euphonie. On trouve aussi dans cette pièce 9 occurrences de la forme *ainsi*.

10   Répétition pléonastique, à valeur emphatique.

65   Que[11] s'il estoit ainsin que vostre departie   [78]
      Eut comm' elle devoit ceste amour amortie[12],
      Vous seriés plus paisible, et n'iriés decelant[13]
      Aux lieux les plus secrets vostre mal violant.
      Mais encor je m'estonne et ne sçaurois comprendre
70   Ce qui vous a esmeu de si haut entreprendre,
      Sans avoir quelquesfois à part vous medité
      La grandeur de la chose et sa difficulté.

                          Philoxene.

      Puis que je vois le temps et le lieu favorable[14],
      Je te feray Leon le discours veritable
75   Des malheurs que j'esprouve en l'amoureux tourment,
      Et quelle en fut la cause, et le commencement,
      Et s'il ne te desplait je diray d'advantage
      Le subject, et la fin de mon dernier voyage,
      L'estat où maintenant je me trouve reduit,
80   Et parmi ces travaux quel desir me conduit.
         Estant comme tu sçais en mon aage premiere
      Eslevé tendrement au palais de mon pere,
      De ce grand Timothée honneur de ceste cour
      Que les Roys de nostre Isle ont estimé tousjour,
85   Embrassant cherement sa vieillesse chenuë
      Pour sa rare prudence en tous lieux recognuë;
      Ceste faveur des Roys me fit en mon printemps
      Compagnon bien-heureux des jeunes passetemps
      De la belle Princesse, à qui le ciel ordonne
90   Des Roys Corinthiens la superbe couronne.
      Parmy ces yeux mignards, Leon le croirois-tu?

---

11 Dans l'expression *que si* paraissant en début de phrase, *que* est pléonastique (cf. vv. 171, 367).

12 L'accord du participe passé «se faisait ordinairement lorsque le complément était un substantif, placé entre l'auxiliare et le participe, construction ancienne très appréciée par les poètes» (Haase, p. 214); cf. vv. 268, 532, 728, 776, 1305, 1378, 1510, 1514.

13 L'ancienne périphrase durative avec *aller*, qui n'était plus au XVIe siècle qu'un substitut élégant du présent dans le style poétique, est d'un emploi très fréquent (25 occurrences) dans *Phalante*. Désapprouvée par Malherbe, elle serait tenue pour vieille par Vaugelas (cf. Brunot, t. II, p. 364, et t. III, pp. 337-338).

14 L'usage à l'époque permettait un adjectif ou participe au singulier pour qualifier deux ou plusieurs substantifs (cf. vv. 1079, 1471).

Je vis mon tendre cœur de l'amour combatu, [79]
Et sentis dans mon sein mille chaudes bluettes
Selon que ces beaux yeux decochoint[15] d'amourettes;
95 Mais helas en ce temps je pouvois à plaisir
De mille doux baisers assouvir mon desir,
Je luy tastois le sein de ma main enfantine,
J'entourtillois mon bras en sa tresse divine,
Et pour mon passetemps le plus delicieux
100 J'admirois ma poupée[16] au cristal de ses yeux.
Mais comm' avec le temps nos jeunesses passerent,
Ainsin avec le temps nos plaisirs s'envolerent:
Autant qu'elle croissoit en aage et en beauté,
Autant on retranchoit de nostre privauté.
105 Tandis le Roy son pere atteint de maladie
Pour voler dans le ciel abandonna sa vie,
Et le sceptre d'Ephir[17] en ses mains se rendit;
Alors la Majesté sur son front descendit,
Le respect, et l'honneur grossirent son courage,
110 Son port fut plus hautain, et plus fier son langage,
Non qu'elle n'eut tousjours logé dedans le cœur
Au moins comme je croy une aimable douceur;
Mais las, la Royauté doit estre composée
D'une sage rigueur pour n'estre mesprisée.
115 Ceste severité attiedit peu à peu
En durant quelque temps la chaleur de mon feu;
Mais l'amour de nouveau renforcé dans mon ame
Mit au jour tout à coup la grandeur de sa flamme. [80]
J'estois premierement de ce Dieu chatoüillé,
120 Mais las je feus pour lors rudement tenaillé;
Les sanglots, les souspirs, les larmes, et les pleintes,
Les dueils, les desespoirs, les soucis, et les craintes
Saisirent mon esprit, et me firent souffrir
Au gré de leurs fureurs mille morts sans mourir.

---

15 La forme en -*oint*, très répandue au XVIe siècle (cf. Brunot, t. II, pp. 332-333), est la désinence préférée par Galaut (ou par son éditeur) pour la 3e personne du pluriel de l'imparfait de l'indicatif: 16 occurrences dans *Phalante*, contre 2 pour -*oyent* ou -*oient*.
16 *Poupée* : «personne enfantine» (Greimas et Keane, *Dict. du moyen français: la Renaissance*); il s'agit du reflet de l'image du jeune Philoxène.
17 Ephyra, ancien nom de la ville de Corinthe (cf. vv. 439, 724, 1508).

125   J'invoquay ma Deesse, et d'un piteux office
       Je luy fis tous les jours de mon cœur sacrifice,
       J'adorois ses beaux yeux, mais son viste regard
       Pour ne voir mes langueurs se tournoit autre part,
       En feignant d'ignorer que mes voix angoissées
130   Fussent à sa grandeur nuict, et jour addressées:
       Peut estre que son cœur enclin à l'amitié
       Voyant mes chauds souspirs en eut quelque pitié,
       Et souvent à part soy pensant à ma misere
       Ell' a blasmé du ciel l'ordonnance severe,
135   Qui me fit en naissant, helas! trop inesgal
       Pour luy estre conjoinct d'un beau nœud conjugal.
       Un jour que ce respect se campa dans mon ame,
       Je me resous soudain d'abandonner ma Dame,
       Et luy dire un adieu, pour ne consumer pas
140   Ma fortune, et mes ans en un si vain pourchas:
       Je vay courir l'Asie amoureux de la gloire,
       Où des plus grands perils remportant la victoire   [81]
       J'ay monstré que mon cœur est autant genereux
       Au milieu des combats, qu'en amour amoureux.
145   Or ce qui me poussoit aux emprises hauteines
       Estoit pour tost finir et ma vie, et mes peines,
       Ou bien s'il advenoit que je fusse vainqueur
       Que mon nom glorieux trouvat place en ce cœur:
       Je dis au noble cœur de la Princesse Heleine,
150   Afin qu'à mon retour elle me fut humaine,
       Entre tous ses amans estant le mieux receu;
       Mais à ce que je voy cest espoir m'a deceu,
       Car estant revenu na gueres dans Corinthe
       Pour le miel attendu on me repaist d'absinthe,
155   Ma belle me desdaigne, et pers ores l'espoir
       Par ma fidelité de jamais l'esmouvoir,
       Tellement qu'il me faut dans un lieu solitaire
       Blasmant, et detestant ma fortune contraire
       Aller finir ma vie, invoquant tous les jours
160   La mort, et Nemesis[18] pour venger mes amours.

---

18 Déesse grecque de la vengeance.

Leon.

Valeureux Philoxene où est vostre sagesse?
Pourquoy ne voulés vous banir ceste tristesse
Et ceste passion qui vous faict esgarer?
Apprenés la constance; il vous faut esperer:
165   Car l'honneur, et le rang de vostre antique race,
Mais sur tout la vertu qui luit en vostre face
Vous promettent tout l'heur qu'ores vous desirés
De la riche beauté, pour qui vous souspirés.
Mais ne sçavés-vous point qu'en toutes entreprises   [82]
170   La force et la constance y sont tousjours requises?
Que si vous souhaités de voir en peu de temps
Vos malheurs soulagés et vos desirs contents,
Oyés ce mien conseil: aprés s'il vous agrée,
Tachés de le conduire à la fin desirée.
175   Vous avés un amy que sur tous vous aimés,
C'est le courtois Phalante; le ciel ne vist jamais
Une plus saincte amour en deux cœurs assemblée;
Si fort de vos malheurs son ame est accablée
Que l'oyant souspirer et se plaindre à tous coups
180   On juge evidamment qu'il est plus mal que vous:
Pour un dernier remede où le sort vous appelle
Employés le secours de cest ami fidelle.
Je croy que la nature, et les grands dieux l'ont faict
Pour estre en ce bas monde un miracle parfaict:
185   Ses attraits, ses douceurs, ses vertus immortelles
Maistrisent à plaisir les ames plus rebelles;
S'il moyenne pour vous, vous verrés adoucy
Ce cœur impitoyable en glaçons endurcy.

Philoxene.

Je t'embrasse ô Leon, ton conseil me contente,
190   Je m'en vay de ce pas trouver mon cher Phalante;
Sus donc il faut encor que devant que mourir
Je voye si Phalante peut mon mal secourir:

Mais cependant je veux dans un lieu solitaire
Attendre en souspirant le succés de l'affaire.

SCENE II.   [83]
Helene. Melisse. Carie.

Helene.

195   JE rends graces aux Dieux autheurs de ma fortune,
       Et principalement à toy pere Neptune,
       Le tuteur de ceste Isle[19]; ô! grands Dieux souverains
       Qui avés envoyé ce beau sceptre en mes mains,
       De cent aigles royaux avecques cent genisses
200   Je veux à vos autels faire mes sacrifices.
           Estant jeunette encor vous m'avés honnoré[20]
       D'un Royaume opulent par la paix asseuré,
       Si que mon cher pays heureusement tranquille
       Ne craint point desormais une esmeute civile
205   Qui trouble son repos, moins encor les dangers,
       Et les invasions des Princes estrangers;
       Car tous les Roys voisins de nostr' alme contrée
       Ont n'a guaire avec moy l'alliance jurée,
       Et quand quelqu'un voudroit me rompre ceste foy
210   Pour ravir mes moyens, chose indigne d'un Roy,
       J'aurois, j'aurois pour lors au tour de ma personne
       Mille Princes armés pour garder ma couronne.

Melisse.

Madame entre les biens que du ciel vous avés,
Pourquoy ne contés-vous l'heur que vous recevés

---

19 Il s'agit de la presqu'île du Péloponnèse, rattachée au continent par l'isthme de Corinthe (cf. v. 1096). Son héros éponyme, Pélops, fut aimé par Poséidon-Neptune, qui en devint le protecteur. De plus, Poséidon fut le père de Léchès et de Kenchrias, héros éponymes des deux ports de Corinthe. Le culte de Poséidon était très répandu en Arcadie, et il y avait un temple consacré au dieu à Mantinée, ville péloponnésienne.

20 Le participe passé avec *avoir* ne s'accorde pas toujours dans *Phalante* avec le régime précédant le verbe (cf. vv. 265, 1611).

215 Voyant en vostre cour accourir volontaires
Tant de jeunes seigneurs de vos loix tributaires [84]
Et qui de vos beautés travaillés nuict et jour
S'estiment bien-heureux mourant pour vostre amour?

Helene.

Melisse croyés moy ceste troupe m'ennuye.

Melisse.

220 Si est-ce un grand plaisir de se voir poursuivie
Par tant de grands seigneurs, qui un jour porteront
Des grands Roys leurs ayeuls les couronnes au front.

Helene.

Quoy n'ay-je pas assés de ce beau diademe?

Melisse.

Mais un second rendroit vostre gloire supreme.

Helene.

225 Non tell' ambition ne se loge en mon cœur.

Melisse.

Tousjours un bel esprit adjouste à sa grandeur.
Aussi ne croy-je point qu'une belle Princesse
Doive laisser couler sa plus tendre jeunesse,
Ceste verte saison, le plus beau de ses ans
230 Sans gouster le plaisir et le jeu des amans.
D'ailleurs pour le repos de toute la Province,
Il vous faut entre tous choisir un jeune Prince
Qui vous puisse deffendre, et dont l'authorité
Rende par l'univers vostre nom redouté.

235   Une femme ne peut aller faire la guerre   [85]
       Pour venger son injure, ou deffendre sa terre:
       C'est le propre d'un homme et vous ne sçavés pas
       S'il faudra quelque jour hazarder des combats:
       Car bien qu'en vostre estat la concorde domine
240   Le peuple en un moment quelquesfois se mutine,
       Nostre foiblesse mesme aux voisins plus mauvais
       Sert d'une occasion pour violer la paix;
       Et peut estre que lors qu'il seroit necessaire
       De chastier l'orgueil d'un puissant adversaire,
245   Ces princes qui par vous se verroint recherchés
       Feroint la sourde oreille, et se tiendroint cachés.
       Je prie aux immortels que la chose n'advienne,
       Ainçois que joüissant d'une paix ancienne
       Vous puissiés voir tousjours autant que vous vivrés
250   Vostre sceptre tranquil, et vos jours bien-heurés.

Helene.

Melisse tes discours ont ja troublé mon ame,
Et serois disposée à l'amoureuse flamme,
Si mon cœur magnanime en liberté nourry
Se pouvoit captiver sous les loix d'un mary.

Melisse.

255   Et[21] quoy vous prenés donc pour un triste servage
       Le lien bien-heureux du sacré mariage?
       Madame ne vueillés le blasmer sans raison.

Helene.

Ouy c'est bien souvent une dure prison.

---

21 Orthographe de l'époque pour *eh* exclamatif (cf. vv. 643, 868, 1157).

Melisse.

Quel bien est-ce de vivre en telle compagnie!

Helene. [86]

260 C'est vivre pour tousjour sous une tyrannie.

Melisse.

C'est à la liberté adjouster ses plaisirs.

Helene.

C'est pour plaire à autruy contraindre ses desirs.

Melisse.

Permettés moy cecy, vous n'avés cognoissance
De ce que vous blasmés avec telle asseurance:
265 Ceux qu'Amour a conjoint n'ont qu'un mesme vouloir,
En eux un mesme esprit deux corps fait esmouvoir,
Et la sage vertu guide de nostre vie
A pour nostre plaisir ceste voye suivie
Sans qu'il nous soit permis de gouster autrement
270 Les douceurs que l'amour reserve en payement
A ses plus favorits. C'est un pas qu'il faut faire.

Helene.

Peut estre suivrons nous la route necessaire,
Mais il faut adviser de choisir entre tous
Un subject amoureux qui soit digne de nous.

Melisse.

275 Puissiés vous donc bien tost ô ma chere Princesse
Combler vostre pays d'espoir et d'allegresse,

Et puisse ce palais de festons couronné
Retentir sous la voix d'un joyeux hymené[22].
Voyés dans vostre cour tant d'ames amoureuses,
280 De vos rares beautés dés long temps desireuses,
Le noble Cleonyce, et le vaillant Mycos,
L'advantureux Urban race des Roys d'Argos,   [87]
Le Spartain Phæagien, Amylcal, et Phylandre[23]
Et mille autres encor qui se sont venus rendre
285 Devots à vos autels, voulant voir à l'essay
Cil qui en ses amours seroit recompensé.
Mesme encor aujourd'huy le jeune Phyloxene,
Qui jadis pour vos yeux supportoit tant de peine,
Retourne de l'Asie brave et victorieux
290 De mille beaux exploits, dont il est glorieux;
Il mene quant et soy le bien-aymé Phalante
Son ami coustumier, dont la grace attrayante
Et la beauté naïfve en son front reluisant
Va des plus endurcis les ames maistrisant.
295 Vous les avés ja veux[24] qui vous ont salüée.

Helene.

Phyloxene à ce coup rend mon ame troublée,
Et comme si ce nom m'apportoit du malheur
Je tremble espouvantée, et frissonné[25] d'horreur:
Veuilles ô ciel benin destourner ce presage.
300 Certes j'ay veu le temps que j'aimois son visage,
Que je baisois ses yeux de mon cœur triomphans,
Mais nous estions tous deux encor jeunes enfans:

---

22 Graphie amenée ici par la rime, mais qui avait paru chez Ronsard (*Chant de liesse*, v. 58, in *Œuvres complètes*, éd. P. Laumonier, t. IX, Paris, Droz, 1937, p. 133).

23 Ces noms sont apparemment de l'invention du dramaturge, qui ne manque pas pourtant de leur donner un air d'authenticité: la *Description de la Grèce* de Pausanias avait fait mention d'un Cleonnis, général de Messénie (région du Péloponnèse), de Phégée, roi de la ville de Phégée en Arcadie, d'un Amyclas, prince de Laconie, de plusieurs Micon (orateurs, artistes), ainsi que de Philandros, fils d'Acacallis et d'Apollon. Un Amiclas paraît aussi dans l'*Arcadie* de Sidney.

24 Participe passé de *voir*; cf. l'emploi d'un *x* final dans les formes verbales *je feux* (vv. 391, 749) et *j'eux* (vv. 748, 1175, 1262).

25 Non-accord du participe, dicté par des raisons métriques; ici le participe passif a un sens actif (cf. Brunot, t. II, pp. 436-437).

Ores tant seulement je prise sa noblesse,
J'honore ses vertus, au reste je confesse,
305 Bien que je voye assés la grandeur de sa foy,
Que je ne puis l'aimer; et si ne sçay pourquoy,
Mais las retirons-nous; Je suis toute alterée
Et mon ame ne peut demeurer asseurée.

SCENE III. [88]
Phalante. Philoxene.

Phalante.

J'Ay couru, j'ay tourné d'un et d'autre costé,
310 Il n'est lieu dans Corinthe auquel je n'aye esté,
Desireux de trouver mon aimé Philoxene;
Si je le perds de veüe, aussi tost je me peine
De le chercher par tout; creignant que sa douleur
Ne le face eslancer dans les bras du malheur,
315 Et ne pouvant souffrir ces pointes furieuses
Il tourne contre soy ses mains victorieuses.
Depuis qu'en ce pays nous sommes de retour
Et qu'il est forcenant sous la verve d'Amour
Je larmoye sans cesse escoutant ses complaintes,
320 Toutes ses passions en mon cœur sont empreintes;
Et s'il souffre en aimant un rigoureux ennuy,
Le ciel m'en est tesmoin, j'en souffre autant que luy,
Et sens de la douleur ma poitrine[26] entamée,
Tant peut une amitié dans une ame bien née.

Philoxene.

325 Phalante mon espoir és-tu donc en ce lieu?
Je te cherchois par tout pour te dire un adieu, [89]
C'est un dernier adieu, car je me delibere
D'aller tout seul bien loing souspirer ma misere.

---

26 *Poitrine* : «se prend [...] pour les parties contenuës dans la poitrine» (*Dict. de l'Acad.*); ici, métonymie pour «cœur» (cf. vv. 609, 880, 1039).

Phalante.

O! cher et bel amy; quoy donc ne veux tu pas
330   Que constant en tous lieux j'accompaigne tes pas?
Valeureux Philoxene as-tu bien oubliée[27]
Cest' estroite amitié dont nostr' ame est liée?
Et croirois-tu jamais que j'eusse le pouvoir
D'ainsi t'abandonner manquant à mon devoir?
335   Je te suivray par tout, le nœud qui nous assemble
Veut que s'il faut mourir nous mourions tous ensemble.

Philoxene.

O mon plus doux penser! ma plus chere moitié;
Si tu as de mon mal aumoins quelque pitié,
Et si tu ne veux point que tousjours je languisse
340   Ne me refuse point ce charitable office,
Permets que je m'absente, affin que les rigueurs
De ma fiere beauté n'augmentent mes douleurs.
Si je suis loing d'icy, ce que tant je desire,
J'oubliray ce bel œil qui de prés me martyre,
345   Ou bien ce que je vay encor plus souhaitant,
Tu pourras cher amy en ce lieu demeurant
Amollir le glaçon qui se loge en son ame
En luy ramentevant la rigueur de ma flamme,
Les douleurs, les ennuis, et les soucis mordans,
350   Les continus regrets, et les souspirs ardents
Qui vont gesnant ma vie en sa fleur plus vermeille;   [90]
Peust-estre tes discours frapant à son oreille
Frapperont sa bell' ame, qui pour me consoler
Touchée de mon mal me fera rapeller.
355   Cependant esloigné de ses beautés meurtrieres
Je rempliray le ciel de veux, et de prieres,

---

27   Cas de l'«accord» du participe passé en dehors des règles. Puisque la dualité des genres de *âme* à cette époque aurait permis la rime *oublié/lié*, cette licence s'explique par la nécessité de faire alterner les rimes masculines et féminines.

Affin que sa bonté m'octroye l'un de deux,
Ou que je sois aimé ou que je n'aime plus[28].

Phalante.

Si de ton estomach[29] ces paroles poussées
360 Ne sont pour me tromper feintement avancées,
Bien qu'il me fasche helas d'estre esloigné de toy
N'ayant aucun plaisir que lors que je te voy,
Toutesfois preferant ton repos à ma joye
Contre ma volonté cher amy je t'octroye
365 De t'absenter de nous: mais avec ceste loy
Que je sçauray le lieu, où tu veux à recoy
Donner treve à tes maux. Que si par nostre peine
Je puis gaigner le cœur de la princesse Helene,
Amy asseure toy que je te feray voir
370 Ce que peut en mon ame un fidelle devoir.

Philoxene.

Mon ame pour sortir de sa longue souffrance
Met en ton bel esprit sa derniere esperance;
Je seray cependant pleurant mes passions
Prés du temple à Venus aux champs des Alsions[30].
375 Adieu je m'en y vay[31].

---

28 Exemple d'une *rime gasconne*, appelée ainsi par Furetière parce qu'au XVIIe siècle «des poètes du Midi, gascons en particulier, emploient [y] là où il faudrait [ø]; le dialecte de leur pays natal ne connaît pas le son [ø]» (W. Théodore Elwert, *Traité de versification française des origines à nos jours*, Paris, Klincksieck, 1965, p. 103). Cf. vv. 407-408, 499-500, 603-604, 697-698, 823-824, 859-860, 1281-1282.

29 *estomach* : «Poitrine [...] C'est de l'estomac que sortent les soupirs, les cris, les paroles. [...] Le mot *estomac* s'emploie aussi dans le sens de *cœur* pour désigner le siège des sentiments» (Huguet).

30 Allusion aux Alcyonides, filles du géant Alcyonée, qui vivait sur l'isthme de Corinthe; désespérées par la mort de leur père, tué par Héraclès, elles se jetèrent dans la mer et furent transformées en alcyons, oiseaux marins fabuleux qui présageaient le calme. A Corinthe se trouvait un sanctuaire important consacré à Aphrodite-Vénus.

31 L'ancienne tournure *en y* pour *y en* (voir aussi vv. 842, 1203) serait blâmé par les grammairiens du XVIIe siècle (cf. Brunot, t. III, p. 682).

Phalante.

Adieu donc Philoxene,
Je m'en vay d'autre par saluër ton Helene.

Helene. Carie. Phalante.

Helene.

JE sens un feu secret qui rempe en mes moüelles
Et remplit mon esprit de passions cruelles,
Je suis toute en amour du depuis que j'ay veu
380   Ce Prince genereux de graces si pourveu,
Dieux! qu'il a les yeux beaux: qu'il a la taille belle,
Que belle est sa façon: sa venue nouvelle
Met mon esprit en doubte et me faict chanceler
Ne sçachant à ce coup si je dois l'appeller
385   Pour ne me tromper point malheureuse ou prospere
En voyant ses effects d'une fin si contraire:
Car comme elle[32] a porté mille contentemens
Ell' a comblé mon cœur d'ennuis et de tourmens,
Si j'estimois beaucoup sa presence et sa veuë
390   Je detestois celuy qui causa sa venuë,
Et si je feux joyeuse escoutant ses propos,
Le subject m'en despleut et troubla mon repos;
Il parloit pour un autre: ô chose desplaisante:
He que n'employoit-il ceste face atrayante,
395   Ceste veuë amoureuse, et tant de beaux discours
Pour atirer à soy mon cœur et mes amours?
Je ne l'eusse esconduit; car sa façon honeste   [92]
Eust forcé mes esprits d'accorder sa requeste,

---

32 *Elle* se rapporte à «sa venue nouvelle» (v. 382).

Aussi bien de tous ceux que dans ma cour je voy
400   Il n'y a que luy seul qui soit digne de moy.
     Mais d'un cruel regret mon ame est oppressée
     Veu que ce n'est de luy que je suis pourchassée,
     Il demeure entre tous endurcy de rigueur,
     Et ma jeune beauté n'a faict bresche en son cœur.
405   Ha je sçay que Phalant' a trop de courtoisie:
     Non non de mes beautés il a l'ame saisie,
     Mais son cœur genereux le force comm' il peut
     De couvrir son amour pour creinte d'un rebut:
     Les esclairs de mes yeux qui jadis l'inviterent
410   De venir à ma cour, ores le desesperent,
     Cuidant que je feroy pareil conte de luy
     Que des autres je fay: et sur tous de celuy
     Pour l'amitié duquel il faict en ma presence
     Maints discours importuns loüant son excellence.
415   Je veux que desormais certain de ma faveur
     Il voye que pour luy j'abaisse ma grandeur;
     Qu'il est toute ma gloire; et qu'en fin je desire
     De remettre en ses mains mon sceptre et mon Empire,
     Et ma personne mesmes; afin qu'à l'advenir
420   Il puisse en paix mon peuple et mon cœur maintenir.

Carie.

Ma Dame estes-vous donc à ce coup captivée
Sous les loix de l'amour, vous estant reservée   [93]
A ce Prince si beau, qui pourroit enflammer
Les Nymphes des forests, et celles de la mer,
425   Celles qui sont és monts, celles qui sont és prées,
     Et celles-là qui sont aux fontaines sacrées?
     Rien ne peut resister à sa rare beauté:
     Aux beaux rais de ses yeux tout le monde est dompté.
     Mais quoy? pour tout cela vous ne devés rien craindre;
430   Si grande est sa beauté la vostre n'est pas moindre,
     En rien il ne vous passe, et vous ne portés pas
     Moins de graces en l'ame, et aux yeux moins d'appas:
     Tous les Corinthiens ravis de vos merveilles

Publient d'un accord vos qualités pareilles,
435   Mais bien que tels propos soient par tout esvantés,
Je diray neantmoins que vous le surmontés,
Les Dieux vous ont à luy de beaucoup preferée,
D'autant que liberaux ils vous ont honorée
Du beau sceptre d'Ephire, au lieu que seulement
440   Il est prince Argien; descendu voirement
De ces Roys qui jadis dans Argos commanderent,
Mais qui en autres mains leurs couronnes laisserent:
Tellement que jamais il ne doit esperer
De pouvoir comme vous le peuple moderer
445   Sous les royales loix, si ce n'est que vous mesme
Le vueillés honorer de vostre diademe   [94]
Le prenant pour mary.

Helene.

Helas penseriés-vous
S'il sçavoit nostr' amour qu'il eut pitié de nous?

Carie.

Las vous estes si belle et si grand vostre empire
450   Et tant de courtoisie en son cœur se retire
Qu'il ne faut point doubter qu'on ne vit à l'instant
Vostre amour satisfaicte, et vostre esprit contant.

Helene.

Je veux donc au plustost à ses pieds abbaissée
Luy descouvrir l'ardeur dont je me sens blessée,
455   Je veux la larme à l'œil implorer sa faveur
Luy offrant à la fois et mon sceptre et mon cœur.

Carie.

C'est luy qui vous devroit faire telle priere,
Mais il ne vous faut point commencer la premiere,

Monstrés-luy seulement un accueil tousjours doux,
460 Attendant que premier il se descouvre à vous.

Helene.

Je n'auray que plustost de mon mal allegeance.

Carie.

Il n'est pas bien seant qu'une femme commence.

Helene.

Le respect n'a point lieu où est l'extremité.

Carie.

Si doit-on tant qu'on peut garder l'honnesteté.

Helene.

465 La fin de mes desirs est tousjours honorable.

Carie.   [95]

Il vous faut donc servir d'un moyen tout semblable.

Helene.

Ce moyen est honneste.

Carie.

Il ne l'est pas beaucoup.

Helene.

Ne vaudra-il pas mieux de sçavoir tout d'un coup
Si je dois estre aimée, affin que ma pensée
470   Ne demeure incertaine à tous vents eslancée?

Carie.

Souvent la haste nuit à la perfection.

Helene.

Souvent pour trop attendre on pert l'occasion.

Carie.

L'attente vous rendroit de son cœur asseurée.

Helene.

J'attendrois si ma flamme estoit plus moderée.

Carie.

475   Il faut tant seulement vous y esvertuer.

Helene.

Ha! je ne voudrois point la voir diminuer.
Mon feu m'est un plaisir, mon tourment me soulage.

Carie.

Vous devés donc ma Dame attendre d'avantage
Pour voir croistre vos feux et ce contentement.

Helene.

480   Mais quoy je ne puis plus attendre aucunement.

Carie.

Avisés que Phalant' ne vous juge effrontée.

Helene.

Phalante me verra de l'amour transportée
Me jetter à ses pieds, implorant ses beaux yeux,
Ces beaux yeux esclairans des miens victorieux.   [96]

Carie.

485   Voir aux pieds d'un amant une Royne abbatue!

Helene.

Mon amour en sera d'autant plus recognuë.

Carie.

Mais le voicy venir.

Helene.

Où est-il?

Carie.

Il est là.

Helene.

Carie helas, helas dois-je faire cela?

Phalante.

Belle qui recelés tant d'honneur et de gloire,
490 Qui des plus nobles cœurs remportés la victoire:
Qui commandés maistresse à nos affections,
Et troublés nos esprits de mille passions,
Qui pouvés de vos yeux aux Dieux faire la guerre,
Et de petits amours peupler toute la terre:
495 Je ne m'estonne point voyant ces raretés
Si tant et tant d'amans adorent vos beautés;
Leur peine est honnorable, et leur dure souffrance
Leur sert à tout moment d'une douce allegeance.
Helas! combien de fois en pleurant ay-je veu
500 Le jeune Philoxene ardant de ce beau feu
Qui jalit de vos yeux et de vostre visage
Attester le haut ciel en tenant ce langage:
Phalant, me disoit-il, suis-je pas bien-heureux
D'estre pour ces beautés doucement langoureux?
505 Quand je voy le subject pour lequel je souspire,
J'honore mon destin, j'embrasse mon martyre   [97]
Si que j'aimerois mieux mourir soudainement
Que vivre en liberté privé de mon tourment.
Je sçay bien, disoit-il, je sçay que mon Helene,
510 Ceste altiere beauté se moque de ma peine,
Mais je ne veux pourtant que mon cœur despité
Rompe les beaux chaisnons de sa captivité:
Au contraire je veux qu'il s'efforce de croire
Que sa dure prison est sa plus belle gloire:
515 Et veux que sans espoir il desire tousjours
De voir croistre son mal et croistre ses amours
Rendant en tous endroits une preuve eternelle
Qu'il est aussi constant comme sa Dame est belle.
Quand j'oyois ces propos tesmoins de ses malheurs
520 Ayant l'ame attristée, et l'œil baigné de pleurs,
Eslevant vers le ciel mes mains et ma pensée

(Sans penser toutesfois de vous rendre offencée[33]
Mais touché dans le cœur de son dueil soucieux)
J'envoyois bassement ces prieres aux Dieux:
525   O trop fidelle amant du monde la merveille
Qui sers une beauté qui n'eut onc de pareille;
Puisse ton brave cœur en amour obstiné
D'un amour reciproque estre enfin guerdonné.

Helene.

O! bien-heureux Phalant, seroit-il bien possible
530   Que vostre noble cœur eust esté si sensible
Que pour le mal d'un autre à la fin vous ayés
De semblables desirs vers le ciel envoyés?

Phalante.   [98]

J'atteste les grands Dieux, et s'il vous plaist j'atteste
Avec humble respect vostre beauté celeste,
535   Que je ne vis jamais sous la voute des cieux
Autre que celuy là qui le merite mieux.
Son visage est si beau, son ame si royale,
Que dans ce grand pourpris[34] il n'est rien qui l'esgale,
Tellement que c'estoint ses merites parfaicts
540   Qui seuls me contraignoint à faire tels souhaits.

Helene.

Je cognois Philoxene: et sçay qu'il n'est si digne
Qu'un autre de ma cour; dont la valeur insigne
Fera mesmes que vous n'oseriés pas nier,
Aumoins si vostre esprit ne se veut oublier,
545   Et vostre jugement ne faict tort à soy mesme,

---

33   *Rendre* suivi d'un participe passé attributif «sert à former une périphrase exprimant le résultat de l'action» (Gougenheim, p. 137); «très usité au XVIe siècle» (Haase, p. 171), ce tour serait condamné par l'école malherbienne (Brunot, t. III, p. 339). Cf. v. 1105, *rendre tesmoigné.*

34   Au propre, «lieu clos, enceinte» (Huguet). Ici, *ce grand pourpris* est une périphrase pour désigner la terre (cf. «celeste pourpris», pour le ciel, *Recueil,* p. 179).

Qu'entre tous celuy seul ne soit digne qu'on l'ayme.
Vous diray-je son nom? Amour mon puissant Roy,
Et toy mere Cypris[35], helas conseillés moy!
Mon ame est si hautaine, et si noble, et si grande,
550 Qu'elle n'ose advouër celuy qui la commande;
Non, je ne l'ose dire.

Phalante.

O! Royne de ce lieu
Celuy que vous aymés est donques quelque Dieu,
Qui comme on dit jadis d'amours toutes pareilles
Est descendu ça bas ravy de vos merveilles.
555 Car je ne pense point que l'on puisse en effect
Remarquer parmy nous un homme plus parfaict
Que le beau Philoxene. [99]

Helene.

L'oserois-je bien dire?
Celuy dont les beaux yeux ont causé mon martyre,
Phalante, celuy là, pour lequel à tous coups
560 Je souspire amoureuse, est tout semblable à vous:
Il porte comme vous le geste et le visage,
Il est plain comme vous d'un genereux courage,
Il a l'esprit semblable, et ses yeux mes soleils,
Si je ne me deçoys, sont aux vostres pareils.

Phalante.

565 Mais qui est celuy là?

Helene.

Phalante c'est vous mesme,
C'est vous pour qui je souffre un amour si extreme,

---

35 Métonymie usuelle pour Vénus, honorée à Chypre (cf. v. 1492; et v. 879: *la belle Cyprine*).

Que pour vous descouvrir sa force et son ardeur
Je suis contrainte, helas, mettre au loing ma grandeur,
J'oublie le devoir, le respect, et la honte,
570   Affin que cognoissant la fureur qui me dompte,
Vostre ame me regrete, et par mesme moyen
Accepte mon amour, et me donne le sien.
Ne le voulés-vous pas? il faut que je le voye;
Vous ne respondés rien? peut estre que la joye
575   D'entendre mon amour a ravy vos esprits;
Ou bien, helas, ô Dieux, c'est peut estre un mespris
Que vous voulés monstrer par ce cruel silence.
Que ne me dictes vous si cecy vous offence?
Ha je ne le croy pas, mais mon cœur engoissé
580   Est entre espoir et crainte inconstant balancé.

Phalante.   [100]

Royne dont la beauté à bon droict admirée
Est de mille amoureux ardamment desirée,
Oyant les doux propos qu'ores vous me tenés,
Je sens que mes esprits restent tous estonnés,
585   Et ne sçay si je dois benir ma destinée,
Ou plaindre en souspirant vostr' ame infortunée,
Vrayment infortunée, ayant vollu choisir
Un si fresle subject à mettre son desir:
Vos moyens, vos vertus, et vostre belle grace,
590   Et ces divins atraits honneurs de vostre face
Meritent un grand Prince en aage florissant,
Qui aille de bien loing ma grandeur surpassant;
Je serois trop heureux: Ceste peur m'importune,
De me voir quelque jour decheu de ma fortune.
595   Car cil qui va plus haut qu'il ne luy convient pas,
Est tousjours en danger de tresbucher à bas
Et voit on qu'à la fin sa superbe domptée
Au fond de tous malheurs se voit precipitée.
Je ne veux point un heur qui ne soit moderé,
600   Pour vivre en mesme estat plus long temps aseuré.
Ainsi bien que vostre offre, ô Royne, me contente,

Je ne l'ose accepter: la chose m'espouvante,
Je tremble en la voyant, car helas je cognoy
Qu'ell' est trop glorieuse, et trop haute pour moy.
605 Non non je ne suis point le brave Philoxene,
Le ciel ne m'a pourveu d'une ame si hautaine,
Retirés-vous à luy, car vos divinités   [101]
Duisent à son merite, et luy à vos beautés.

Helene.

O cœur impitoyable, ô! poitrine ferrée,
610 Peux tu voir sans fleschir ceste amante esplorée
Te descouvrir son feu, implorer ta mercy,
T'offrir son diademe et sa couronne aussi?
Ta face est trop honneste, et trop douce, et trop belle,
Non, tu ne loges point un' ame si cruelle[36].
615 Tes yeux, ces Astres clairs qui font luire mes jours
Et qui dedans mon sein influent les amours,
Clignés si mollement d'une lente paupiere
Monstrent que tu és prest d'accorder ma priere.
Que tardes tu Phalant'? tu és trop inhumain;
620 Tien ma vie, et reçoy ce beau sceptre en ta main;
Reçoy ceste couronne, et plus ores ne tarde
De prendre nouveau Roy mon peuple sous ta garde.
Aussi je porte en vain le nom de royauté
Puis que tu tiens mon cœur avec ma liberté.

Phalante.

625 Dieux où est maintenant ceste meure sagesse
Qui logea jusqu'icy au sein de ma princesse!
Estouffés, retenés, ou moderés ce feu
Qui glissé dans vos os s'augmente peu à peu,
Radressés vos desirs si encor il vous reste

---

36 L'édition originale donne *un ame cruelle*. Nous corrigeons cette leçon, ainsi que celles des vv. 661 et
1135: *cest ame chetifve, un ame plus douce*. Quoique *âme* fût des deux genres à l'époque, Galaut
l'emploie exclusivement au féminin; et la forme féminine de l'adjectif suggère que dans ces trois cas
il s'agit d'une faute typographique.

630   Rien de sain ou d'entier, de vostre ame celeste;
       Et s'il faut desormais que je sois asseuré   [102]
       De l'amour qu'en ce lieu vous m'avés declairé,
       Par moy[37] je vous conjure ô gracieuse Helene,
       De tourner vostre feu sur le beau Philoxene.

Helene.

635   Que j'ayme Philoxene, cil que j'abhorre tant,
       Et que pour celuy-là je vous aille quittant?
       Non je ne le pourrois, si je n'avois envie
       De quitter à la fois vostre amour et ma vie;
       Mesme encores je crains qu'aprés le noir trespas
640   Mon ombre le deteste, et vous ayme là bas.

Phalante.

       Si pour moy vostre flamme est si chaude et si grande
       Pourquoy refusez-vous d'accorder ma demande?

Helene.

       Mais pourquoy cher Phalant', et dictes moy pourquoy
       Vous ne parlés pour vous comme je fay pour moy?

Phalante.

645   Belle je vous requiers pour celuy-là que j'ayme,
       Et que je dois aymer comme un autre moy-mesme,
       Et vous supply de moy vostre amour divertir,
       Car sans luy faire tort je n'y puis consentir.

Helene.

       Que maudit soit celuy dont l'amour imprimée
650   En vostre jeune cœur m'empesche d'estre aymée.

---

37   Ellipse pour *de par moy*, c.-à-d. «de ma part».

Mais helas dictés[38] moy comment pourrois-je voir
Celuy-là qui m'a faict tant de maux recevoir,
Qui retenant vostre ame, à son ame subjecte,
Cause qu'en mes desirs je ne sois satisfaicte?   [103]

655   Phalante mon soucy, considere à ce coup,
S'il est vray qu'en ton cœur tu estimes beaucoup
Ma grace et mon amour, pourquoy plein de froidure,
Pourquoy refuses-tu ceste belle avanture
Qui t'est ores offerte; et te vas abusant

660   Au bon-heur d'un ami ton bon-heur postposant?
Quel amour peut loger en cest' ame chetifve
Qui pour le bien d'autruy du bien propre se prive!
Ah je ne puis point croire, et ne sçaurois ouyr
Que pour aymer quelqu'un il se faille hayr.

665   Cil qui ne s'ayme point ne peut aymer personne;
Car le premier amour à soy mesme se donne.

Phalante.

Beaux discours amoureux qui si fort m'obligés,
Mais qui encore plus mon esprit affligés,
Permettés s'il vous plaist que de vous je m'absente.

670   Ma pensée confuse en doubte chancelante
Ne sçauroit vous resoudre, et mes sens transportés
Me laissent sans conseil en ces extremités.

Helene.

Si c'est pour mieux penser, et peser en vostre ame
Mes propos avancés, indices de la flamme

675   Qui sous vostre banniere a mon esprit rangé,
Allés mon bel amour, je vous donne congé:
Seulement je vous prie ô ma plus douce gloire
De conserver tousjours dedans vostre memoire
Que le ciel ni les Dieux qui peuvent tant sur nous,   [104]

---

38 A moins qu'il ne s'agisse d'une erreur pour *dictes* (cf. vv. 578, 643), Galaut emploie ici une forme ancienne du verbe *dire*, dont 32 cas ont été repérés chez Rabelais (voir J.E.G. Dixon et John L. Dawson, *Concordance des œuvres de François Rabelais*, Genève, Droz, 1992, p. 246).

680   Ne me sçauroit[39] forcer d'aymer autre que vous,
       Carie que dis tu? que faut-il que je pense?

                          .   Carie.

On ne peut rien juger de ceste contenance.

                          Helene.

J'en suis toute en altere et m'en vay retirer
En quelque lieu secret, afin de souspirer
685   Seulete à mon plaisir la douleur enragée
       Dont mon ame se voit à ce coup assiegée.

---

39 Même les conventions très libres de l'époque auraient exigé le verbe au pluriel; elles ne l'auraient
    permis au singulier que si le deuxième des deux sujets avait été au singulier (comme au v. 163; cf.
    Gougenheim, p. 250).

ACTE III

SCENE I.
Timothée. Eurilas. L'Ombre.

Timothée.

APres avoir couru mille et mille dangers
Combatant valeureux aux pays estrangers,
Lors que mon sang boüillant de force, et de jeunesse
690 Me faisoit embrasser les actes de proüesse,
J'acquis un si beau nom, que par tous les endroits
De ce large univers on chantoit mes exploits:
Tous les peuples qui sont du Scythe[40] jusqu'au More,
Et d'Eure[41] aux pieds aislés jusqu'au mari de Flore[42],   [105]
695 Honoroint ma memoire; et mes faicts vertueux
Estoint comm' un exemple à leurs jeunes nepveux:
Mon nom voloit par tout; mais quand l'aage plus meure
Commença de mesler ma noire chevelure,
Avant qu'entrer du tout en la vieille saison
700 Plein de gloire et d'honneur, rentré dans ma maison
Pour soulager mes ans je prins en mariage
La belle Melenis[43] Princesse de Cartage;

---

40 Les Scythes habitaient la Russie méridionale, extrémité septentrionale du monde antique.
41 Euros, vent de l'est, qui soufflait en rafales.
42 Zéphyr, dieu du vent doux de l'ouest. Ainsi, les vv. 693-694 désignent les quatre points cardinaux (cf. vv. 1531-1533). Ces vers sont reproduits presque textuellement par Galaut dans son *Discours funebre sur le trespas de Messire P. Du Faur*: «Que tous ceux qui seront du Scythe jusqu'au More, / Et d'Eure aux pieds aislés jusqu'au mary de Flore» (*Recueil*, p. 195).
43 Nom apparemment fictif. Aucune princesse de ce nom ne paraît dans l'ample index de l'*Histoire ancienne de l'Afrique du nord* (8 vol., Paris, Hachette, 1913-1928) de Stéphane Gsell.

Alors les grands honneurs me furent despartis,
Les Roys Corinthiens estans encor petits
705 Furent mis sous ma charge, et leurs ames bien nées
Furent par mon moyen aux vertus informées,
Jusqu'à ce qu'estans grands ils peurent sans danger
Sous les Royales loix tout leur peuple ranger,
Et lors plusque jamais d'une oreille amiable
710 Escoutoint mes propos, m'invitoint à leur table,
Et tousjours auprés d'eux caressé d'un bon œil
Aux affaires plus grands[44] ils suivoint mon conseil.
Voila mon Eurylas, voila comme ma vie
Fut jusques en ce temps de tout bon-heur suivie.
715 Mais or que je pensois de voir mes derniers jours
Plus paisibles et cois: voicy tout au rebours,
Ceste fiere Deesse[45], aveugle et vagabonde
Qui maistrise le sort dans l'enclos de ce monde,   [106]
Qui peut en un moment les plus petits hausser,
720 Et peut en mesme temps les plus grands abbaisser,
Ceste cy pour troubler le cours de ma liesse,
Vient ores tout à coup assaillir ma vieillesse.
J'ay n'a gueres perdu ces Roys mes bons amis,
Et le sceptre d'Ephyre est à present remis
725 Entre les jeunes mains d'une Princesse unique
Qui peut combler de dueil toute la republique,
Si le mesme malheur qui nous a poursuivis
Nous ayant si soudain tous les parens ravis,
Pour rangreger encor nos complaintes funebres,
730 Couvroit ses yeux luisans de mortelles tenebres.
Dieux si vous avés soin des choses de ça bas
Destournés ce malheur, et ne permetés pas,
Non ne permetés pas, que le songe effroyable
Que je fais si souvent puisse estre veritable.
735   L'autre jour au matin tout confus me trouvant
Pour ce que j'avois veu la nuict auparavant,
En invoquant les Dieux, et leur rendant hommage

---

44 Il s'agit soit de la forme ancienne du féminin de l'adjectif (voir la note au v. 23), soit de l'emploi,
    extrêmement fréquent au XVIe siècle, de *affaire* au masculin (cf. Brunot, t. II, p. 402).
45 La Fortune, déesse représentée comme ayant les yeux bandés.

Je sortis de ma couche, et vins sur le rivage.
Là je voilay mon chef d'un linge, et puis soudain
740   Je fis devotieux trois[46] tours à droite main,
Aprés en retirant ce bandeau de ma veuë,   [107]
Par trois diverses fois le soleil je saluë,
Je saluë la mer, et d'un vase nouveau
Courbé tout doucement je puisay de son eau,
745   Et m'en lavay trois fois la teste, et le visage
Pour me purger du songe, et fuïr le presage.
Mais que me profitoit ceste devotion?
Car j'eux le soir aprés la mesme vision,
Dont je feux si troublé que mon ame estonnée
750   En demeura long temps en extase pasmée:
Quand ce spasme cruel me fut du tout passé,
Voyant l'heure, et le temps commodes, je pensay
Qu'il falloit appaiser les deités puissantes
Qui regnent au manoir des ombres pallissantes:
755   Donc pendant que la nuict monstroit dedans les cieux
Le bel or esclatant des astres radieux,
Je fis caver en terre une fosse sacrée,
De la longueur d'un aulne en mesure quarrée;
Je descends là dedans apportant dans la main
760   Pour m'en servir à temps un couteau faict d'airain;
Sept fois pour commencer ma sacrée priere,
Invoquant les esprits je crachai en arriere,
Puis je baisay la terre, et prins en mesme temps
Deux noirastres aigneaux à mes pieds tremblotans,
765   Je leur coupe la gorge, et du sang qui ruisselle   [108]
Je remplis vistement une large escuelle,
Qu'aussi tost je versay pour les ombres des morts
Qui errent çà et là privées de leurs corps:
Aprés je prins de l'eau que j'avois apportée
770   Dedans une grand' coupe à ces fins apprestée,
Eau que je reverois comme si c'eust esté

---

46 Dans cette description des rites pratiqués par Timothée (vv. 739-776), Galaut invoque des nombres qui avaient une forte signification symbolique pour les Anciens: trois, neuf (multiple de trois), et sept (nombre d'Apollon) — voir James Hastings (éd.), *Encyclopaedia of Religion and Ethics*, Edinburgh, T. & T. Clark, 13 vol., 1908-1926, t. IX, pp. 409-410.

De la mesme liqueur du fleuve de Lethé[47];
De ceste eau divisée en esgales parties,
J'en aspergeay neuf fois la teste des hosties,
775   Jusqu'à ce que les feux de ma main allumés
Eurent totalement ces aigneaux consumés[48].
Je fis bien tout cela: mais ces sacrés mysteres
Que j'accomplis alors ne m'ont servi de gueres:
Helas encore au soir pour la troisiesme fois
780   J'ay eu le mesme songe, et les mesmes effrois.
Si tost que le sommeil de sa verge sourciere[49]
Venu dessus ma couche a sillé[50] ma paupiere,
Las bons Dieux aussi tost il semble que je voy
Une Idole d'un mort volante autour de moy,
785   Qui crie en souspirant ô malheureuse Helene,
Et puis adjouste encor le nom de Philoxene;
J'en suis si effrayé, qu'il me semble par fois
Mesme pendant le jour que j'entends ceste voix:
Helas faudroit-il donc que la Princesse Helene
790   Mourut si vistement; et que mon Philoxene,
Philoxene mon fils, et mon plus doux espoir
Veid si tost de Pluton l'effroyable manoir!   [109]
Avés-vous jusqu'icy bien-heuré ma vieillesse
O Dieux pour la combler maintenant de tristesse?

---

47 Léthé, fleuve de l'Enfer, dont les eaux faisaient oublier le passé aux âmes qui en avaient bu.
    Timothée cherche à oublier son songe.
48 Pour les vv. 757-776, Galaut s'inspire de l'évocation nécromantique d'Homère dans l'*Odyssée*, où le
    héros affirme avoir exécuté les prescriptions de la magicienne Circé: «[...] je prends le glaive à
    pointe qui me battait la cuisse et je creuse un carré d'une coudée ou presque; puis, autour de la fosse,
    je fais à tous les morts les trois libations, d'abord de lait miellé, ensuite de vin doux, et d'eau pure en
    troisième; [...] priant, suppliant les morts, têtes sans force, je promets [...] un noir bélier sans tache,
    la fleur de nos troupeaux. Quand j'ai fait la prière et l'invocation au peuple des défunts, je saisis les
    victimes; sur la fosse, où le sang coule en sombres vapeurs, je leur tranche la gorge [...]» (*Odyssée*,
    trad. Victor Bérard, Paris, Belles Lettres, 1924, ch. XI, vv. 23-37; voir aussi ch. X, vv. 516-537, où
    Circé avait exigé «l'offrande d'un agneau et d'une brebis noire»).
49 C.-à-d. «sorcière». Allusion à la baguette magique dont Hermès-Mercure endormit Argus. Les vv.
    781-782 reparaissent presque sans modification dans le *Discours funebre sur le trespas de Messire P.
    Du Faur*: «Et si tost que Mercur' de sa verge sorciere / D'un long sommeil de paix eust cillé sa
    paupiere» (*Recueil*, p. 179).
50 Orthographe usuelle à l'époque du verbe *ciller*, terme de vénerie qui signifiait «coudre les paupières
    d'un faucon».

Eurylas.

795 Quoy ne sçavés vous point que les songes sont vains
Et qu'ils vont sans subject abusant les humains?
Ils se forment selon que nostre fantaisie
Se trouve de tristesse ou de joye saisie,
Car ces deux passions nous font voir en dormant
800 De songes de liesse ou pleins d'estonnement.
Quand nostre Roy dernier fut conduit sous la lame,
Vous conceutes alors tant de dueil en vostre ame
En vous en affligeant, que tousjours du despuis
Il semble entierement qu'ayés vescu d'ennuis;
805 Vostre face à present froide, maigre, et ternie,
Monstre bien que de vous toute joye est bannie,
Et ce qui plus encor accroit vostre souci,
C'est de voir vostre fils si chagrin et transi
Sans en sçavoir raison, qu'il est bien vray semblable
810 Que son mal vous doit estre un mal insupportable.
Or voyés Timothée si parmi ces malheurs,
Parmi ce dueil cuisant, ces regrets et ces pleurs
Vous devés esperer que le sommeil envoye
De songes pleins de ris, de chansons et de joye.

Timothée.

815 He n'ay je point raison d'estre ainsin que je suis
Et d'accroistre tousjours mes pleurs et mes ennuis   [110]
Quand je vois mon cher fils qui tant me souloit plaire
Devenu tout chagrin, reveur et solitaire?
Helas j'ay veu le temps qu'il estoit si joyeux,
820 Son visage si beau, son œil si gracieux,
Et son cœur genereux tant ami de la gloire,
Que cela remetoit encor en ma memoire
Le temps de ma jeunesse, et me persuadois
Que je devenois jeune encore un' autre fois,
825 Voyant ainsin celuy qui de flammes nouvelles
Faisoit reluire en soy les vertus paternelles;
Mais je ne sçay pourquoy il est or tout changé

Et s'est de ceste cour n'a gueres estrangé,
Comme s'il m'envioit le plaisir de sa veuë.

Eurylas.

830 Peut estre quelque amour en son ame conceuë
Cause ce changement; il l'en faut retirer.

Timothée.

Las je ne sçai que c'est mais je ne puis durer,
Tant une impatience a saisi mes moüelles
Craignant de son estat quelques tristes nouvelles,
835 Pour ce songe mauvais que je fais chasque nuict.

L'ombre.

Helene, Philoxene.

Timothée.

Ah j'oy le mesme bruit,
J'oy le mesme Dæmon qui toute nuict me gesne
Redire en se pleignant Helene, Philoxene.
Ha mon fils Philoxene, he quoy ton cruel sort   [111]
840 T'auroit il bien desja faict espreuver la mort?
Il faut que je le scache, et ne veux plus attendre,
En quel lieu que tu sois je m'en y vay me rendre.

SCENE II.
Phalante. Helene.

Phalante.

HA chetif Philoxene! helas quelle tempeste,
Quel torrent de malheur va fondre sur ta teste;

845 Pourquoy n'estouffes tu ces amoureux desirs
Puis que le ciel cruel s'oppose à tes plaisirs?
C'est en vain cher ami que tu as esperance
Que je puisse en tes maux te donner allegeance,
Car pour l'advancement de tes belles amours
850 Tu te devois garder d'employer mon secours:
Las peut estre sans moy ta poursuite affolée
Ne seroit comme elle est pour jamais reculée;
Malheureux Philoxene, et moy mesme aussi
Malheureux, qui seray cause de ton souci,
855 Las ta Dame te fuit, et s'est or addressée
A moy qui suis tout seul l'object de sa pensée.   [112]
Hélas en quel destroict mon destin me conduit?
Il me faut repousser celle qui me poursuit,
Pour ne navrer mon cœur d'une flesche amoureuse
860 Il faut helas! il faut que cruel je refuse
Ceste extreme beauté: celle dont les beaux yeux
Peuvent brusler d'amour les hommes et les Dieux,
Ceste extreme beauté en graces si fœconde,
Qui merite l'amour du plus grand Roy du monde;
865 Ou bien helas il faut que je sois ennemi
Et traistre desloyal à mon plus cher ami.
Princesse de Corinthe ô gracieuse Helene
Et pourquoy n'aimés vous vostre beau Philoxene?
Est ce le payement de sa fidelité?
870 Vous soüillés vostre nom de trop de cruauté
En refusant ainsin celuy-là qui vous ayme:
Mais que dis-je à ce coup? je m'accuse moy-mesme,
Je suis par trop cruel et trop plein de rigueur
A ceste Royne helas qui m'a donné son cœur.

                    Helene.

875 Phalant' je te saluë, et je saluë encore
Ces deux astres divins, tes beaux yeux que j'adore;
Ainsin jamais le temps dont tout est surmonté
Ne ternisse la fleur de ta jeune beauté,
Ainsin le bel enfant de la belle Cyprine,

880   Tousjours d'un feu doucet eschauffe ta poitrine.
       Responds moy cher Phalant', ma joye, mon soucy;   [113]
       Helas veux tu tousjours me voir languir ainsi?
       Quand seras tu lassé de mes peines souffertes?
       Quel gain esperes tu retirer de mes pertes?
885   Crois tu bien que mon feu ne soit pas prou ardant?
       Desires tu ma mort pour le voir evident?

Phalante.

       Mais vous, je vous supply, quand serés vous lassée
       De voir par trop d'amour à vos pieds abbaissée
       L'ame de Philoxene? O cruelle beauté
890   Croyés vous que son cœur ne soit prou tourmenté
       De la fievre d'amour qui luy brusle les veines
       Sans que par un desdain vous augmentiés ses peines!

Helene.

       Ha rigoureux Phalant', faudra-il que tousjours
       Le nom d'un que je hay se trouve en tes discours?
895   Laissons là Philoxene, il faut que tu l'oublie[51]
       Pour te mieux souvenir de moy qui te supplie.

Phalante.

       Mais bien si vous m'aymés je vous pry' qu'aujourd'huy
       Vous renonciés à moy pour vous donner à luy.

Helene.

       Que je me donne à luy, aprés m'estre donnée
900   A vous à qui je suis en naissant destinée?
       Non il n'en sera rien car d'un viril effort,
       Phalante j'ayme mieux me donner à la mort.

---

51   Des formes sans *s*, utiles pour la rime, se trouvaient fréquemment au XVIe siècle à la 2e personne
     du singulier du présent du subjonctif (cf. Gougenheim, p. 116).

Que dis tu cher Phalant'? veux tu donc que je meure?   [114]
Helas si tu le veux, tu verras en peu d'heure
905   Que mon ame amoureuse aux enfers descendra,
Et si tu ne me prens le trespas me prendra.

Phalante.

Belle retenés vous, si vous n'avés envie
Que je perde avec vous mon espoir et ma vie.

Helene.

Helas sçauroy je vivre emmi tant de douleurs?

Phalante.

910   En vivant vous pouvés surmonter vos malheurs,
Et pouvés rafraischir le feu qui vous devore.

Helene.

M'aimes tu donc Phalant?

Phalante.

Belle je vous honore.

Helene.

J'accepte cest honneur, car l'honneur a tousjour
Conjoint avecques soy le respect et l'amour.

Phalante.

915   Ne vous surprenés pas[52]; ô Royne genereuse.

---

52 Cet emploi pronominal est insolite. Le contexte suggère que le verbe a ici l'acception que lui donne
Furetière: «tromper». Ainsi il faudrait comprendre: «ne vous laissez pas tromper».

Helene.

He quoy vous joüez vous de ma peine amoureuse?
Vous me comblés d'espoir, puis en me transissant
Vous m'allés tout à coup cest espoir ravissant,
Comme si mon amour vous servoit de risée:
920 Faut-il que ma beauté soit ainsin mesprisée?
O desdaigneux Phalant' pourquoy ne creignés vous
D'exciter les fureurs de mon juste courroux?
Ou qu'en fin mon amour en haine ne se change   [115]
Et que desesperé contre vous il se venge?
925 Mais las vous penetrés les secrets de mon cœur,
J'ay trop d'affection, et trop peu de rigueur,
Car mon ame trop noble, amoureuse, et fidelle
Aymeroit mieux mourir que vous estre cruelle:
Ainsin pour mon malheur ma naïfve beauté
930 Par qui vous deussiés estre à m'aimer incité,
Las ma seule bonté vous donne l'asseurance
De mespriser mon cœur et braver ma puissance.

Phalante.

Affin que vous puissiés sçavoir ma volonté
Je jure de Jupin le pouvoir redoubté,
935 Je jure ce grand Dieu pere de la lumiere,
Phœbus aux cheveux d'or, qui courant sa carriere
Autour de l'univers tourné de tous costés
Ne voit rien icy bas d'esgal à vos beautés,
J'atteste encor Venus ceste fille de l'onde,
940 Et son cher nourrisson qui dompte tout le monde,
Que tant que je vivray cheri de vos honneurs
Mon cœur recognoistra vos royalles faveurs.
O! celestes beautés de douceurs si garnies
Je vous rends à ce coup de graces infinies
945 Pour entre tous ceux-là qui sont en vostre cour
M'avoir jugé tout seul digne de vostre amour.
Aussi le plus grand' heur qu'au monde je souhaite
C'est d'honorer sans fin vostre beauté parfaicte:

De vous voir à toute heure, et pouvoir tout joyeux   [116]
950   Sacrifier mon cœur au sainct feu de vos yeux;
Et tant que les hauts cieux me permettront la vie
Vous serés de mon cœur adorée et servie.
Mais je maudis mon sort qui ne veut que jamais
Je puisse mettre à fin aucun de mes souhaits:
955   Quand je veux vous aymer et que je delibere
D'accorder humblement vostre juste priere,
Je sens dans mon esprit un contraire penser
Qui repousse mon ame et me faict balancer;
Le nom de Phyloxene, et sa belle memoire
960   Sur mes propres desirs emporte la victoire,
Tellement ô beaux yeux, que je n'ay le pouvoir,
Si traistre[53] je ne veux oublier mon devoir,
D'accepter vostre amour, qui peut rendre ma vie
D'honneur et de bon-heur esgalement suivie.
965   O! mon cher Philoxene asseure toy de moy,
Mon amy ne crains point que je fausse ma foy;
Plustost seront sans feux les maisons etherées,
Et plustost sans poissons les plaines asurées,
Plustost le premier ciel sera sans mouvement,
970   Plustost mon cœur fuira tout son contentement,
Et consens que plustost ma vie soit esteinte
Devant que violer une amitié si saincte.
Regret de ma pensée, honneur de vostre cour,
O divine beauté, qui m'enflammés d'amour,
975   Ma belle que ce mot ne vous rende affligée,   [117]
J'ay plustost autre part ma parolle engagée,
C'est à mon Philoxene auquel je ferois tort
Et serois malheureux coupable de sa mort.

Helene.

Las vous serés aumoins coupable de la miene.

---

53 C.-à-d. «comme un traître».

Phalante.

980 Plustost, ô Dieux, plustost que tout malheur m'aviene,
     Que je sois miserable, et que vostre courroux
     Eslancé sur mon chef me fasse haïr de tous.
     Il faut que desormais tout le monde m'esvite,
     Que je sois detesté comme une ombre maudite,
985 Puis que par mon destin il ne m'est pas permis
     Que⁵⁴ d'apporter tousjours malheur à mes amis;
     Il faut que desastré ceste cour j'abandonne
     Et ne veux jamais plus estre aimé de personne.
     Adieu beauté divine, et maudit soit le jour
990 Qui pour moy malheureux veid naistre vostre amour.

Helene.

     Las qui pourroit penser⁵⁵ les regrets de mon ame,
     Le soucy qui la ronge, et le mal qui l'entame?
     Je porte dans le cœur la rage, et le courroux;
     Que faictes-vous Phalant? pourquoy me fuyés-vous?
995 J'invoque surmontée en ma juste colere,
     J'invoque à mon secours Cupidon et son frere
     Le petit Atheros⁵⁶, petit Dieu justicier
     A la trousse ferrée, à la flesche d'acier,
     Punisseur de ceux là qui suivant vostre sorte   [118]
1000 Ne rendent mesme amour à l'amour qu'on leur porte.
        Mais las que dis-je? où suis-je? aurois je bien le cœur
     De souhaiter du mal à cest œil mon vainqueur?
     Vivés ô cher ami d'une vie asseurée,
     Et sçachés que pour vous je suis desesperée;
1005 Je vis desesperée, ou si j'espere rien
     C'est le mal de la mort que j'attens pour mon bien.

---

54 Aux XVIe et XVIIe siècles, un *que* restrictif, ayant le sens de *sinon*, pouvait être précédé de *pas* (cf. Brunot, t. III, p. 617).
55 Orthographe de l'époque pour *panser*, qui au figuré avait le sens de «adoucir, calmer» (Greimas et Keane).
56 Antéros, frère d'Eros et dieu de l'Amour partagé.

ACTE IV

SCENE I.
Philoxene. Leon.

Philoxene.

COmm' un foible nocher alors que la tourmente
Esleve la marine en ondes escumante,
Qu'il oit le flot gronder comme plein de fureur,
1010 Que les airs d'environ s'obscurcissent d'horreur,
Qu'il ne voit point de jour dans l'ombre qui l'enserre
Que celuy des esclairs precedans le tonnerre,
Triste, desesperé, n'ayant pour son recours
Que la main des hauts Dieux qu'il invoque à secours,
1015 Ayant calé la voile, et remis sa fortune   [119]
A l'abandon du sort, des flots, et de Neptune,
Enfin par quelque vent en sa faveur sorti
Est poussé dans le port d'où il estoit parti:
Bien que d'y retourner il n'eust aucun courage
1020 Pour avoir autre part dressé son navigage:
Ainsin quand je pensois bien loing me retirer
De la fiere beauté qui me faict souspirer,
Batu d'ennuis, de soings, de pleurs, et de souffrance,
Enfin je suis poussé du vent d'impatience
1025 Qui violant me jette, et m'emporte en ce lieu
Auquel depuis long temps j'avois dict un adieu.
Je reviens dans Corinthe pour sçavoir si mon ame
Doit jamais esperer les faveurs de sa Dame,
Ou si sans plus attendre il faut que de ma main

1030 Je me tue pour plaire à son cœur inhumain.
      Il y a ja long temps que mon aymé Phalante
      Pour adoucir l'aigreur de ma trop longue attente,
      Me devoit avertir de ce qui se passoit,
      Et de quel grief malheur le sort me menaçoit.
1035 Helas, helas Phalant' ton rigoureux silence
      Met mon esprit en doubte; et m'oste l'esperance,
      Car tantost je me crains que preschant sa beauté
      Tu ays perdu ta peine aprés sa cruauté,
      Mais ce qui plus encor altere ma poitrine,
1040 Tantost je vay craignant que sa beauté divine
      Qui pourroit amolir les rocs pleins de rigueur   [120]
      N'ayt charmé ta belle ame et faict bresche en ton cœur,
      Oubliant l'amitié que tu m'avois jurée
      Devoir estre entre nous d'eternelle durée.
1045 Mais je ne le puis croire, et ne le veux aussi,
      Toutesfois pour me voir de ce doubte esclaircy,
      Et que ce dur penser jamais plus ne me presse
      Il faut tout maintenant qu'à quelqu'un je m'adresse
      Qui le puisse sçavoir, et m'aille descouvrant
1050 L'estat de mon Helene et de mon cher Phalant.
      Mais je vois à propos Leon qui se presente.

                            Leon.

      Ha bons Dieux que ta veuë à ma veuë est plaisante!
      O brave Philoxene, és-tu donc revenu
      Pour revoir tes amis et ton pere chesnu,
1055 Qui de jour et de nuict sans aucune allegence
      Alloit tout desolé regretant ton absence,
      Et ne sçachant pourquoy tu t'estois absenté
      Maudissoit des hauts cieux l'injuste cruauté,
      Maudissoit son viel aage, et disoit que sa vie
1060 Par la noire Cloton[57] devoit estre ravie
      Il y avoit long temps, et devant que celuy,

---

57   Comme beaucoup d'auteurs, Galaut confond le rôle de Clothon, celle des trois Parques (ou déesses du
     destin) qui présidait à la naissance des humains, avec celui d'Atropos, qui en coupant le fil de leur vie
     présidait à la mort (cf. vv. 1226, 1433).

Celuy qu'il aymoit tant fust separé de luy?
Mais Dieux qu'en vous voyant il aura d'allegresse.

Philoxene.

Tant mieux; mais respons moy, que faict nostre Princesse,
1065 Et que faict mon Phalant?   [121]

Leon.

                    Helene est en bon point,
Les soucis importuns ne la molestent point,
Tant de bon-hcur du cicl sur sa tcstc foisonnc;
Nul malheur n'oseroit aprocher sa couronne.
Quant à ton cher Phalant, ton aymable souci,
1070 Il y a quelque temps qu'il s'en alla d'ici,
Et ne puis à present t'en dire d'avantage,
Car on ne sçavoit point où tendoit son voyage.

Philoxene.

Il s'en est donc allé? Bons Dieux he qu'est-cecy?
Falloit-il mon Phalant m'abandonner ainsi⁵⁸?

Leon.

1075 Ne vous en penés point: il est trop veritable.
Phalante vostre amy à chascun agreable
En quittant ceste cour nous causa tant d'ennui
Que tout nostre plaisir s'en alla quant et luy,
Or vous venés à temps, car nous voicy renduë
1080 La joye et l'allegresse à nostre ame esperduë;
Et par vostre retour nos esprits asseurés
Le jugeront present tant que vous y serés.
Mais que retardés-vous d'aller voir vostre pere,

---

58 Proposition infinitive de type latin, «souvent employée [...] après les verbes que nous construisons aujourd'hui avec une subordonnée complétive commençant par *que*» (Gougenheim, p. 171). Très fréquent au XVIe siècle (Brunot, t. II, pp. 453-456), cet emploi disparaîtra au XVIIe (Haase, p. 206).

Qui despuis vostre absence en pleurs se desespere?
1085 Que ce soit au plustost qu'il savoure à ce jour[59]
Les plaisirs souhaités de vostre heureux retour.
C'est là où maintenant le devoir vous appelle.
Mais non, je vay premier luy porter la nouvelle
Car he que sçavons nous les effects du malheur[60]?
1090 Comme il est ja caduc sans aucune vigueur,   [122]
Vous voyant tout à coup, sa pauvre ame ravie
Pourroit de trop de joye abandonner la vie.

                          Philoxene.

O Dieux pardonnés-moy si je dis librement
Que ce n'a pas esté pour le soulagement
1095 De mon pere atristé en son aage debile
Que je suis à present de retour en ceste isle:
Les merveilles d'Helene, et son cher souvenir
Sont le premier subject qui m'a faict revenir.
J'honore bien mon pere, et cheris sa vieillesse:
1100 Mais helas aprés tout il faut que je confesse
Que mon cœur aime tant celle qui l'a faict sien
Qu'auprés de son amour mon pere ne m'est rien.
Il faut donc que plustost à elle je m'adresse,
Et que j'aille devot saluer son altesse:
1105 Et d'un humble discours luy rendre tesmoigné
Que mon corps, non mon cœur estoit d'elle esloigné.
Ce pendant je sçauray ce qui plus me tourmente,
A quoy tend aujourd'huy le despart de Phalante.

---

59 «*A* marquant un rapport de temps est encore fréquent au XVIIe siècle» (Haase, p. 322); cf. *à ce coup* (voir le Glossaire).

60 La syntaxe de ce vers est assez obscure. S'agit-il d'un *que* pléonastique (cf. v. 65) et de *savoir* pris au sens de «prévoir, savoir à l'avance» (Greimas et Keane)? Ou le manuscrit de Galaut portait-il «des effets»? En tout cas, nous substituons un point d'interrogation à la virgule qui suivait *malheur* dans l'édition princeps.

SCENE II.
Helene. Carie. Philoxene.

Helene.

O grands Dieux, ô bons Dieux qui voyés mes malheurs,
1110 Qui voyés mes regrets, mes sanglots, et mes pleurs,
Au moins s'il est ainsi que nos plaintes funestes
Puissent monter si haut jusqu'aux lambris celestes,
Prenés pitié de nous, et pour dernier confort
Envoyés à mes maux le secours de la mort.

Carie.

1115 Ravisés-vous Madame et reprenés courage,
C'est aux plus grands malheurs qu'il en faut d'avantage,
Peut-estre que le temps et vostre long tourment
Pourront encor fleschir le cœur de vostre amant:
Et les Dieux pour finir vostre amere tristesse
1120 Fairont[61] changer vos pleurs en chansons d'allegresse,
Pourveu qu'un desespoir ne gaigne place en vous.
    Mais qui est celuy-cy qui s'en vient droict à nous?

Philoxene.

O Royne de vertus et d'honneur si pourveuë,
Deesse des beautés, humble je vous saluë
1125 Cognoissant mon devoir, et portant dans le cœur   [124]
L'hommage qu'un vassal doit à vostre grandeur:
Je me presente à vous, et devot vous desire,
Non point beauté plus grande, ou un plus riche Empire;
Le sceptre de Corinthe est si fort bienheuré,
1130 Et vos perfections sont en si haut degré,
Que qui desireroit de voir choses plus grandes
Seroit semblable à cil dont les foles demandes,

---

61 Forme du futur de *faire* assez répandue dans les textes, quoique les grammairiens lui aient préféré *feront* (cf. Brunot, t. II, pp. 361-362; Gougenheim, p. 114).

Et les jeunes discours vains et audacieux
Cherchent une hauteur par dessus tous les cieux.
1135 Ce que je vous desire est un' ame plus douce,
Qui loin de vostre cour personne ne repousse,
Qui soit recognoissante, et puisse esgalement
Aux travaux supportés mesurer le pay'ment.
Las s'il estoit ainsin mon service fidelle
1140 Se verroit guerdonné d'une faveur si belle
Que tous ceux-là qui vont honnorant vos beaux yeux
Se verroint à bon droict sur mon heur envieux.

Helene.

Vos propos importuns me comblent de tristesse,
Aprenés de parler avec vostre Princesse:
1145 Et si vous ne voulés m'exciter à courroux
Parlés-moy pour Phalant comme il a faict pour vous.

Philoxene.

O Royne de Corinthe, ô merveille du monde,
Bien qu'on ne voye rien qui mon amour seconde   [125]
Et que le sacré feu allumé dans mon cœur
1150 Aille par dessus tout eslevant sa splendeur,
Toutesfois le loyer que mon ame desire
C'est qu'au moins vous preniés plaisir à son martyre,
Ne vous offençant point si mon cœur langoureux
S'advoüe en tous endroicts de vos yeux amoureux[62].

Helene.

1155 Que vous m'estes fascheux en tenant ce langage,
Laissés-moy, je ne puis le souffrir d'avantage.

---

62 C.-à-d. «avoue [...] qu'il est amoureux de vos yeux».

Philoxene.

Malheureux Philoxene, et quoy ne veux tu pas
Borner tous tes malheurs d'un violant trespas?
Enhardis-toy mon cœur pour sortir de misere,
1160 La mort est le remede à guarir ton ulcere,
Tout le reste ne faict qu'empirer mes douleurs,
Et servir d'un amorce au feu de mes malheurs,
Mais il faut que pour voir mon ame soulagée
Mon amour soit plustost suffisamment vangée.
1165 Ma belle ayme Phalant, Phalant' est son desir
Son Idole, son cœur, son unique plaisir,
Ainsi ce desloyal dont la fausse apparence
Sous ombre d'amitié trompa mon innocence
S'est moqué de ma peine et m'a volé le bien
1170 Qui pour ma loyauté meritoit d'estre mien.
O parjure effronté! est ce la foy promise?
Est ce ainsin que ton ame à trahir bien aprise
Sous un visage doux reservoit le poison   [126]
Pour abreger ma vie et troubler ma raison?
1175 Que maudit soit le jour que j'eux ta cognoissance,
De là tant de malheurs prindrent en moy naissance;
Je me fiois de luy, luy contois mon secret
Et c'est ce qui plus fort augmente mon regret;
Voir ainsi laschement une amitié faussée,
1180 Quelle ame est sous le ciel qui n'en fust offencée?
Mais ne te vante point d'un traict si desloyal;
Avant que de descendre au manoir infernal,
Il faut que ceste main en face la justice,
Qu'elle arrache ce cœur où couvoit la malice,
1185 Et que pour me venger du tort qui m'est rendu,
Cruelle elle se baigne en ton sang respandu.

SCENE III.
Leon. Timothée.

Leon.

O Cruauté du ciel, ô destin trop severe!
J'ay veu partir d'icy tout flambant de cholere
Le jeune Philoxene, ayant deliberé   [127]
1190 De courre aprés Phalant' son ennemy juré:
Quelle fureur d'enfer d'ire et de sang repuë
A leur vieille amitié si vistement rompuë?
S'ils se trouvent tous deux tout d'un premier abord
Helas! helas! je crains qu'ils se donnent la mort.
1195   Je m'en vóis⁶³ au plustost en advertir son pere
Affin de destourner son dessein temeraire.

Timothée.

Qu'est-ce⁶⁴ donc que j'entens qui parle de mon fils?
Je suis encor troublé du songe que je fis.

Leon.

Vostre fils transporté de cholere, et de rage
1200 Part d'icy resolu d'enhardir son courage
A combattre Phalant'; vous sçavés leur valeur,
Allés, courés aprés empescher ce malheur.

Timothée.

Helas je m'en y vay. Dieux donnés-moy des aisles
Pour atteindre mon fils et calmer ses querelles.

---

63 Forme ancienne du présent de l'indicatif de *aller*.
64 Mouflard fait remarquer qu'à l'époque de Garnier «l'emploi de *que* pour *qui* [...] est courant dans les textes toulousains» (*op. cit.*, pp. 105-106).

SCENE IV. [128]

Carie.

1205 HA! Dieux, he quel malheur se tourne contre nous?
On dict que Philoxene allumé de courroux
Est party de la cour n'ayant en la pensée
Qu'un desir de vanger son amour offencée,
Et cuidant que Phalant luy ait rompu la foy,
1210 Et qu'il aye⁶⁵ atiré nostre Princesse à soy
Il va courre aprés luy pour luy ravir la vie.
Las si son esperance est enfin accomplie,
Et que le beau Phalant d'Helene tant aymé
Sente son œil divin par le trespas fermé,
1215 Qu'il soit rouge et sanglant estendu sur la plaine
Meurtri cruellement de sa dextre inhumaine,
Combien de durs regrets, combien d'aspres tourments,
Combien de passions, combien d'eslancements
Saisiront tout à coup l'ame de ma Princesse!
1220 Je la vois si⁶⁶ me semble atteinte de tristesse
En blasphemant du ciel l'injuste mauvestié
Esmouvoir de son mal tout le monde à pitié:
Je la vois à la fin pleurante et desolée
Errer fole d'amour; et toute eschevelée   [129]
1225 Appellant, invoquant par tout, à tout propos
Le ciseau rigoureux de la pasle Atropos
Pour finir ses douleurs; son amoureuse rage
Me donne occasion d'en faire ce presage.
Mais peut estre on pourroit à ces maux obvier
1230 Si j'allois au palais la chose publier,
Que je disse⁶⁷ au plustost à la Princesse Helene
Le despart furieux du jeune Philoxene.
Son esprit vif et prompt quelque moyen cerchant

---

65 Au présent du subjonctif, «on trouve souvent [...] *aie* à la troisième personne du singulier de *avoir*» (Gougenheim, p. 116).

66 *Si* est employé ici au sens de «ainsi» (Huguet).

67 Pour *dire*, la forme usuelle du présent du subjonctif était *die*; mais *disse* se trouvait chez Robert Garnier (*La Troade*, v. 1074; *Bradamante*, v. 1360).

Previendroit le desastre, et l'iroit empeschant:
1235 Quoy qu'en doive advenir je m'en vay le luy dire,
J'ayme mieux faire ainsin que d'encourir son ire.

ACTE V

SCENE I.
Phalante. Philoxene. Timothée.

Phalante.

JE serois ja bien loing hors de ceste contrée
Pour pleurer à l'escart ma vie desastrée,
Si je n'avois tousjours par le cruel destin
1240 De nouveaux destourbiers au milieu du chemin.
Je sortois de Corinthe, et m'aprochois à peine
De cest endroict sacré où la Nimphe Pirene[68]
Pleurant jadis son fils par Diane tué   [130]
Veid enfin par les Dieux son astre transmué
1245 En un eau[69], qui coulant d'une source eternelle
Tesmoigne la rigueur de sa peine cruelle.
Là j'estois arrivé quand je veis tout soudain
Trois satyres monstreux sortir du boix prochain
Qui talonoint de pres une jeune bergere

---

68 Dans l'édition originale, ce vers est répété en tête de la p. 130, avec la variante *Pyrene*. Allusion à
    Pirènè, héroïne corinthienne, fille du dieu-fleuve Asopos, et mère des héros éponymes des deux ports
    de Corinthe, Léchès et Kenchrias. Ce dernier ayant été tué accidentellement par Artémis-Diane,
    Pirènè versa tant de larmes qu'elle fut transformée en source.

69 Cet emploi de *eau* au masculin (il sera féminin aux vv. 769, 773) est tout à fait insolite. S'agit-il
    d'une erreur, l'imprimeur ayant omis l'apostrophe qui marquait une contraction? Si c'est bien le cas,
    la même erreur s'est répétée plusieurs fois dans le même volume, car l'expression *cest eau* se
    retrouve aux pp. 3, 149, 150 du *Recueil*.

1250   S'enfuyant devant eux d'une plante legere[70].
       La guerriere Camille[71] en son temps n'avoit pas
       La souplesse plus grande, ou plus viste le pas
       Que ceste bergerotte en se voyant suivie
       Des monstres pourchassans son honneur, et sa vie:
1255   Elle ne couroit pas, mais plustost parmy l'air
       Portée de la crainte elle sembloit voller;
       Venant ainsin vers moy craintifve et desolée
       La robe deschirée, et toute eschevelée
       Sans me pouvoir rien dire en s'aprochant tousjours
1260   M'alloit tendant les mains implorant mon secours:
       La voyant tout à coup à mes pieds acrochée
       Une douce pitié dont j'eux l'ame touchée
       Me fist soudainement prendre l'espée au poing
       Contre ces Dieux bouquins[72] pour les chasser bien loing:
1265   Tous trois avoint la face, et rouge, et lumineuse   [131]
       Descouvrant par les yeux leur amour furieuse,
       Et s'approchans de moy ils rodoint tout autour
       Forcenans de despit, de courroux et d'amour;
       La fille cependant autant morte que vive,
1270   Prosternée à mes pieds esperduë, et craintifve,
       Pour l'extreme danger haletant regardoit
       De quel de deux costés la victoire pendoit:
       Mais je feus à la fin maistre de leur audace
       Et leur fis à regret[73] abandonner la place,
1275   Et r'entrer tout soudain dedans le bois obscur
       Hurlans, crians, fuyans de honte et de douleur.
       Ainsin je delivray ceste jeune bergere
       Qui m'advoüoit alors pour son Dieu tutelaire.
       Et voila, ce qui m'a du chemin destourné,
1280   Car plus que je ne suis je serois esloigné

---

70 C.-à-d. de la plante du pied; il faudrait comprendre «d'un pas léger». Cf. Du Bellay: «Jamais le
    nepveu d'Atlas / Ne fut las / D'ailer sa plante legere, / Pour annoncer çà et la / Ce qu'il a / En
    mandement de son Pere» (*Au Seigneur de Lansac*, in *Œuvres poétiques*, éd. H. Chamard, t. V, Paris,
    Hachette, 1923, p. 322).
71 Reine des Volsques qui chassait et s'exerçait à la guerre à la manière des Amazones grecques (voir
    Virgile, *Enéide*, livres VII et XI).
72 *Bouquin* : «[...] qui a des pieds de bouc; [...] Lascif comme un bouc» (Huguet). Ainsi, ce mot
    évoquait à la fois l'aspect physique des satyres et leur célèbre lubricité.
73 Se rapporte aux satyres.

Sans le temps employé à si belle advanture.
Mais je vois Philoxene.

Philoxene.

Traistre il faut que tu meure,
Ce sera le loyer de ta mauvaise foy.

Phalante.

Que fais-tu cher ami, he qu'as tu contre moy[74]?

Philoxene.

1285 O Dieux ô Dieux je meurs.

Timothée.

Ha qu'as tu faict Phalante?
Phalante qu'as tu faict ame ingrate et meschante?
Ha! Phalante, ha mon fils! mon cher fils, ha! je meurs.

SCENE II. [132]

Phalante.

LAs! qui sentit jamais de plus aspres douleurs?
Et desur qui jamais la fortune contraire
1290 Versa plus que sur moy du fiel de sa cholere?
Quel enfer de fureurs et de Serpens infect
Punira comme il faut l'aigreur de mon forfaict?
J'ay meurtry Philoxene, et j'ay meurtri son pere,
O Dieux, ô ciel, ô terre, ô destin trop severe.

---

74 Entre les vers 1284 et 1285, Philoxène s'attaque à son ami, qui le tue en se défendant. Peu après, Timothée arrive sur les lieux, voit le corps de son fils, et en meurt de douleur. Le déroulement de ce spectacle violent est décrit aux vv. 1317-1322, 1427-1432; cf. le récit de Sidney, pp. 251-256 dans la traduction de Baudoin (reproduite ci-dessous, en appendice).

1295 Leurs regrets et leurs plaints doivent bien inciter
       Contre moy le courroux du grand Dieu Jupiter,
       Philien[75], Hostelier[76], qui s'allume de rage
       Pour l'amitié faussée ou le droict d'hostelage[77].
       Mais que tarde il[78] plus, veut il point envoyer
1300 Son foudre punisseur pour tost me foudroyer?
       Que luy sert dans le ciel ce foudre et ce tonnerre
       S'il ne punit les maux qui se font sur la terre?
       Que ne m'enleve il de ses feux eslancés?
       Malheureux que je suis! n'avois je pas assés
1305 D'avoir à mon ami son Helene ravie?
       Falloit il le revoir pour luy ravir la vie?
       Couvant mille regrets dans mon cœur furieux
       Je blaspheme le ciel, les destins et les Dieux.   [133]
       Que feray je chetif, malheureux et perfide?
1310 Dois je accuser mon glaive et ma main parricide,
       Ou bien en m'excusant diray je que le sort,
       Le sort injurieux est cause de sa mort?
       O sort par trop cruel, ô sort impitoyable,
       C'est toy seul qui me rends de ce meurtre coulpable,
1315 Car la saincte amitié qui logeoit dans mon cœur
       N'eust jamais donné lieu à si grande fureur;
       Le voyant je voulus en main les armes prendre,
       Non point pour l'offençer, ainçois pour me defendre,
       Mais comme il me poursuit et que je pare aux coups
1320 Il s'enferre luy mesme et tombe à mes genoux
       Atteint mortellement de ma dague meurtriere
       Qui luy faict perdre à coup la voix et la lumiere.
       Mais las qui l'avoit tant encontre moy poussé?
       Pourquoy vint il sur moy si chaud et courroucé?
1325 Pensoit il qu'en voyant son Helene si belle
       Je luy eusse joüé quelque tour d'infidelle?

---

75 Comme dieu tutélaire de l'amitié, Zeus avait pour surnom Philios. Selon Pausanias (*Description de la Grèce*, VIII.31.4 sqq.), il y avait un temple consacré à Zeus Philios à Mégalopolis, en Arcadie.

76 «Hospitalier» (Huguet). Epithète usuelle de Jupiter (cf. Garnier, *La Troade*, v. 2281: «L'hostelier Jupiter»), d'après le surnom Xenios accordé à Zeus dans son rôle de veiller aux loix de l'hospitalité.

77 L'adjectif *faussé* qualifie aussi «le droict d'hostelage».

78 Le «*t* de liaison» se prononçait à l'époque alors même qu'on ne l'écrivait pas (voir Brunot, t. II, pp. 333-334; Gougenheim, pp. 118-119); cf. v. 1303.

Las s'il eust pour le moins mon propos escouté
Il eust cogneu sa faute et ma fidelité.
Ha je devois plustost à sa premiere veuë
1330 Luy offrir desarmé ceste poitrine nuë
Affin que son acier me transperçant le cœur
Finit en mesme temps ma vie et mon malheur.
Mais helas ô bons Dieux puis je porter encore
Ces armes qui ont faict le mal que je deplore!
1335 Allés maudite lame, allés maudit poignard,   [134]
Je vous pose aujourd'huy tous deux en ceste part,
En ceste part, ô ciel, où ma dextre inhumaine
A par terre abbatu le jeune Philoxene,
Je pose encor cest heaume[79], et ce cuirasse aussi,
1340 Et veux que pour jamais ils demeurent icy
Consacrés de ma main aux manes venerables
De toy ô cher amy qui aux lieux effroyables
Erres là bas seulet, maigre, froid et blesmi,
Maudissant à jamais ton desloyal ami,
1345 Ton Phalante cruel qui t'a privé de vie;
Pleut aux Dieux que ta mort fut de ma mort suivie:
Puis que l'innocent meurt, he ne faudroit-il pas
Que le meurtrier de mesme esprouvast le trespas?
Mais je croy fermement que les Dieux adversaires
1350 Ne sont encores saouls de mes longues miseres,
Et veulent, tant ils sont enflammés de courroux,
Que je vive sur terre abominable à tous;
Ils le veulent ainsin pour rendre un tesmoignage
Par les eslancemens de ma cruelle rage,
1355 Que merite[80] celuy qui bouffi de rigueur
D'une pointe meurtriere a transpercé le cœur
De son plus cher amy; ô fortune inhumaine!
De sang, d'horreur, de cris et de morts toute pleine
Qui me suis en tout lieu et qui vas agitant
1360 Tantost çà tantost là mon esprit inconstant,
Pour saouler les fureurs dont la rage felonne

---

79 L'adjectif démonstratif illustre l'hésitation de l'époque entre *h* aspiré et *h* muet (cf. *le heaume*, v. 1421).
80 Tour elliptique; il faudrait comprendre «de ce que merite».

Faict qu'aux souspirs, aux cris, aux pleurs je m'abandonne.   [135]
Soit quand le vieux Titan[81] dans son char flamboyant
Percera matinier les ombres d'Orient,
1365 Ou quand ayant couru la moitié de sa traicte
Il dardera ses rais à plomb sur nostre teste,
Ou quand desja recreu des celestes travaux
Au sein de l'Ocean plongera ses chevaux,
Bref tandis qu'il luira dessus nostre Hemisphere
1370 Je veux que mon Esprit ne s'applique à rien faire
Qu'à lamenter sans cesse, et souspirer tousjour,
Blasphemant, maudissant ce bel Astre du jour;
Et quand les animaux citoyens de ce monde
Seront tous accroupis dessous la nuict profonde,
1375 Quand ceux qui vont marchant, ou rampant icy bas,
Et ceux qui fendent l'air des cerceaux de leurs bras,
Et les moytes troupeaux de l'inconstant Prothée[82]
Auront d'un doux sommeil la paupiere enchantée,
Je veux, je veux alors que le somme Ocieus
1380 N'ayt jamais le pouvoir de me clorre les yeux;
Je veux que le repos fuye loin de ma couche,
Et que les chauds souspirs enfantés de ma bouche
Plus drus, plus esclatans et plus longs que devant   [136]
Veillent avecques moy jusqu'au Soleil levant.
1385 Ainsin soit que la nuict soit que le jour se leve,
Je veux que mes douleurs ne sentent point de trefve,
Ains que poussant du cœur mille regrets nouveaux
J'aille estonnant le ciel, l'air, la terre, et les eaux.
Adieu mon Philoxene, adieu, adieu belle ame
1390 Dont le cher souvenir de tristesse me pasme,
Je m'en vay furieux aux lieux les plus secrets,
Au plus creux des vallons, aux plus noires forests,
Aux monts plus reculés, aux deserts plus sauvages
Pour donner quelque vent à mes cuisantes rages,

---

81 Hélios, dieu du Soleil appartenant à la génération des Titans; chaque jour, il traversait le ciel sur un
   char traîné par quatre chevaux. Les vers 1363-1388 seront repris par Galaut, presque sans
   modification, dans son *Discours funebre sur le trespas de Messire P. Du Faur* (*Recueil*, pp. 181-
   182): voir notre Introduction, p. xvi.
82 Protée, dieu de la mer, chargé par Poséidon de garder les troupeaux de phoques et d'autres animaux
   marins; il avait le don de changer de forme à volonté.

1395 Et faire retentir sous la voute des cieux
Les cris desesperés de mon cœur furieux,
Jusqu'à ce que les Dieux ennuiés de m'entendre
Par leur foudre eslancé me reduiront en cendre.
Tandis ô bel esprit puisses tu en repos
1400 Vivre aux champs Elysés au milieu des Heros
Cependant que mon ame et folle et vagabonde
Fera maugré la mort sa demeure en ce monde.

SCENE III. [137]
Leon. Eurilas.

Leon.

LA chose est desja faicte, ha! nous venons trop tard,
Vois-tu pas Timothée ce genereux vieillard
1405 Gisant avec son fils estendu sur la place?

Eurilas.

Helas les voicy morts, ô Dieux, le sang me glace,
O desastre cruel! mais las quels ennemis
Peuvent avoir ainsin ces deux meurtres commis?
Quel Scythe, quel Gelon, quel Thrace, quel Tartare,
1410 Quel Dace, et quel Sarmate[83], ou quel autre Barbare
Comm' un Tygre acharné en ire s'eschauffant
Devant les yeux du pere a esgorgé l'enfant?
Et pour entierement assouvir sa cholere
Au meurtre de l'enfant a joint celuy du Pere?

Leon.

1415 Eurilas je voy bien qui cause ce malheur;
Philoxene poussé d'une jalouse ardeur

---

83 Peuples barbares du monde ancien, renommés comme guerriers féroces, et proposés comme symboles de la cruauté.

Qui couroit furieux pour combatre Phalante
L'a icy rencontré, la preuve est suffisante,
Voila la mesme espée, et le mesme poignard [138]
1420 Que Phalante portoit au point de son despart,
C'est le heaume guerrier, qui luy couvroit la face,
Il endoçoit encor ce beau corps de cuirasse,
Il n'en faut plus doubter, Eurilas le vois tu?
Ces vaillans champions ont icy combatu,
1425 Et Philoxene enfin par la dextre guerriere
De Phalant' est cheu mort sur la rouge poussiere:
Peut-estre Timothée qui tousjours se hastoit
Pour destourner le coup que tant il redoubtoit,
Trouvant son doubte vray, et la chose ensuivie,
1430 D'angoisse, et de douleur en a fini sa vie,
Semblable au vieux Adrast'[84] qui tout ainsi que luy
Mourut prés de son fils de regret et d'ennuy.

Eurylas.

Puis que le dur ciseau de la parque meurtriere
A privé ces deux corps de la douce lumiere,
1435 Leon quoy que ce soit nous devons procurer
Et faire nos efforts d'icy les retirer.
Allons où le devoir maintenant nous appelle,
Allons dedans Corinthe apporter la nouvelle,
Affin que tout le peuple atteint de ces malheurs
1440 Honore leur trespas de regrets et de pleurs,
Et que confusement on jette sur leurs bieres
Des cheveux[85], des parfums, et des fleurs printanieres
Puis que c'est un plaisir aux manes de là bas
De se voir honorer mesme aprés le trespas[86].

---

84 Adraste, roi légendaire d'Argos qui, en faisant la guerre contre Thèbes, perdit son fils Aegialée, et en mourut de douleur.

85 L'offrande des cheveux faisait souvent partie des rites funéraires des Anciens, comme l'illustraient les obsèques de Patrocle dans l'*Iliade* (ch. XXIII, vv. 140-153): «[...] the cutting of hair is the means whereby the living are put in direct communion with the dead. Often the mourner's hair is placed on the tomb, or in the grave, or on the corpse itself. [...] In many instances the hair is not brought into close contact with the dead, and appears to be cut simply as a token of mourning» (Hastings, *op. cit.*, t. IV, p. 476).

86 Léon et Eurylas emportent les deux cadavres dans les coulisses.

SCENE IV.   [139]

Helene.

1445 LAs, helas! qui m'a[87] veu celuy que je desire?
　　　Qui me dira le lieu où mon cœur se retire?
　　　Qui me dira l'endroit par où il est passé?
　　　Par monts, par vaux, par boix j'ay couru, j'ay brossé
　　　Jalouse soupçonnant que les Nymphes sacrées
1450 Eussent en leurs girons mes amours retirées.
　　　L'onde, la terre, l'air, et le ciel estoillé
　　　Au nom de mon Phalant si souvent appellé
　　　Resonant d'un grand bruit qui s'augmente à merveilles
　　　Tousjours Phalant', Phalant' rendent à mes aureilles.
1455 O bon Dieu son estat m'est ores incognu,
　　　Je crains que quelque mal ne luy soit advenu;
　　　Philoxene le suit; helas que sçay je encore,
　　　Que sçay je si ses yeux, ces beaux yeux que j'adore
　　　Maugré le dur trespas conservant leur vigueur
1460 Làbas de Proserpine[88] ont ja ravi le cœur?
　　　La crainte de sa mort me donne mille alarmes,   [140]
　　　Dieux rasseurés mon cœur. Mais je vois là des armes,
　　　Qui me font, qui me font, dresser le poil au chef,
　　　Tant je vay redoutant quelque estrange meschef.
1465 Ha ciel, ciel inhumain, ha ciel plein de disgrace,
　　　Phalante, mon Phalant' est mort en ceste place,
　　　Je vois le lieu sanglant, je vois les armes là,
　　　De cest armet luisant sa teste il affeubla,
　　　Il arma de ce fer sa dextre valeureuse,
1470 Voicy sa dague encor toute rouge et crasseuse;
　　　Phalant tu és donc mort, et mort avecques toy
　　　L'amour, l'honnesteté, la constance et la foy!
　　　Donc ton ame à ce coup de son corps devoilée
　　　Me laisse encor sur terre et triste et desolée!
1475 Mais non ô cher Phalant', Phalante mon souci

87　Emploi du pronom expressif, dérivé du datif éthique latin.
88　Déesse romaine des Enfers.

Si tu perds le Soleil je le veux perdre aussi;
Si tu descens là bas sous la voute infernale,
Il faut que comme toy dans l'enfer je devale.
Sur l'autel de l'amour qui me donne la loy,
1480 Je t'ay voüé ma vie, et mon cœur, et ma foy,
C'est à toy seulement que je me suis donnée,
Je suis ô cher Phalant ta femme infortunée;
Mais toutesfois contente en voyant que le sort
Qui nous separa vifs nous conjoint à la mort.
1485 Adieu sceptre puissant, belle marque Emperiere,
Adieu belle Corinthe, adieu belle lumiere,
Mon ame genereuse embrasse le trespas   [141]
Pour aller voir Phalant qui ja m'attend là bas
Sous les Myrthes[89] esmeus des douces halenées
1490 Des Zephirs esvantans les rives fortunées
Et le sombre manoir des bien-heureux esprits
Qui sentirent jadis le beau feu de Cypris[90].

SCENE V.

Phalante.

COmme un esprit privé des honneurs de la biere
Ne pouvant point passer l'infernale riviere[91]
1495 Sans prendre aucun repos erre tousjours autour
De ce lieu malheureux où il perdit le jour,
Ainsin moy desastré qui jamais ne sejourne,
Poussé de mon destin dans ce lieu je retourne,
Non point comme ame au lieu où j'ay perdu le corps:
1500 Mon sort est tout contraire à cil des autres morts,
C'est mon corps qui n'estant encor dessous la lame,
Revient tousjours au lieu où il perdit son ame,
Car c'est icy l'endroict. Mais quoy que vois-je là?

---

89   Pour les Anciens, les feuilles de myrte étaient des emblèmes de gloire.
90   Hélène se tue, mais le texte de Galaut ne révèle pas le moyen de son suicide. Elle aurait pu
     emprunter la dague «encor toute rouge et crassseuse» (v. 1470) de Phalante.
91   L'Achéron, fleuve des Enfers, à travers lequel le nautonnier Charon passait les âmes des morts.

Que vois-je? où suis-je, Dieux? he grands Dieux qu'est cela? [142]
1505 Est ce un phantosme vain? helas c'est elle mesme,
Ces deux beaux yeux fermés, et ce visage blesme
Sont à la pauvre Helene; Helene qu'est cecy?
Belle Royne d'Ephyre és tu venuë icy
Si loing de ton palais sans estre accompagnée
1510 M'ayant jusqu'à la mort ton amour tesmoignée?
Jusqu'à quand veux tu donc, ô ciel plein de rigueur
Descocher contre moy les traits de ta fureur!
Jusqu'à quand ô puissante, ô fiere destinée
As tu ma triste vie à souffrir condamnée?
1515 O dieux trop inhumains, n'estes vous point lassés
Des nombres infinis de mes malheurs passés,
Sans me livrer ainsin tousjours nouveaux alarmes?
Comme si mes deux yeux pouvoint fournir aux larmes,
Mes poulmons aux souspirs, et ma bouche aux regrets;
1520 C'est à tort que sur moy vous laschés tant de traits.
Las que vous ay-je faict, Dieux, ô Dieux adversaires
Qui choisissés mon cœur pour bute à vos choleres,
Qui faictes sur mon chef plouvoir tant de malheurs,
Qui tousjours attisés par le fer mes douleurs,
1525 Qui gesnés mon esprit en mille, et mille sortes,
Qui rendés en mon sein les esperances mortes,   [143]
Cependant que le soin qui me va dessechant
Pousse maint rejeton espineux et tranchant,
Qui comme avec le bout de cent mille tenailles
1530 D'un crochet obstiné tirassent[92] mes entrailles?
Depuis le clair lever du Soleil radieux
Jusqu'au soir où dans l'onde il cache ses beaux yeux,
Despuis l'ardant midy, jusqu'aux Ourses[93] gelées
On ne voit de douleurs aux mienes esgalées;
1535 Les cavernes, les monts, et les sombres forests
Vont tremblant de frayeur au son de mes regrets,
Et la dolente Echo se voit desja lassée

---

92 «Le verbe se mettait au pluriel comme dans l'ancienne langue lorsque le sujet, tout en étant au singulier, renfermait ou admettait une idée collective» (Haase, p. 153). Ici, le pluriel est amené par la pluralité implicite du sujet, *maint rejeton*, renforcée par la comparaison avec *cent mille tenailles*.
93 Constellations situées près du pôle Nord.

De respondre à ma voix enroüée et cassée.
Le Soleil ne veut plus esclairer à son rang
1540 Mes miserables jours: la Lune devient sang[94]
Au bruit de mes clameurs, et les estoilles mesmes
Monstrent dessur mon chef des rais pasles et blesmes,
Tant le triste recit de mes aspres tourments
Peut troubler et le ciel et tous les elemens.
1545 Dieux qui de dur aymant avés les ames ceintes,
Seuls vous n'estes esmeus de mes dures complaintes,
Ains pour croistre tousjours mes souspirs et mes pleurs
Vous espanchés sur moy nouveaux flots de malheurs;
Et pour rendre sans fin mes douleurs plus ameres,   [144]
1550 Allés semant du fiel au creux de mes ulceres.
Mais je suis transporté de mon mal soucieux,
Voudrois je m'excuser en accusant les Dieux?
Il est temps d'advoüer à toute la nature
Que j'ay bien merité le tourment que j'endure;
1555 Voire et que dans l'enfer plein de nuit et d'effroy
Il n'y a point de peine assés grande pour moy.
Puis-je encor regarder la lumiere funeste
De ce jour malheureux qui mes crimes deteste,
Jour tesmoin des forfaicts que ma main a commis,
1560 Jour dont tous les momens sont autant d'ennemis
Qui decouvrent ma faute et gesnent ma pensée
De son propre peché horriblement vexée?
L'horreur de tant de maux me poursuit en tous lieux,
Leur ombre espouvantable erre devant mes yeux,
1565 Je ne puis avoir paix avec ma conscience,
Qui seule est le bourreau, la peine et la vengeance
De mes actes meurtriers, et d'un secret remord
Mon ver impitoyable incessamment me mord.
Horreurs qui poursuivés ma vie miserable;
1570 Effroys qui remplissés mon ame detestable
D'un abisme de maux coup sur coup redoublés,
Desespoirs qui rendés mes plus beaux jours troublés,   [145]

---

94 Présage de malheur? Ou s'agit-il peut-être d'une allusion à la «lune rousse», à laquelle on attribuait,
au XVIIe siècle, les gelées printanières?

Achevés une fois vos vengeances cruelles;
Helas! ne rendés plus mes peines immortelles:
1575 Et si la pitié touche à vos cœurs sans pitié,
Jettés tout le venin de vostre mauvaistié
Tout d'un coup sur ma vie, affin qu'elle finisse
Son estre, son amour, sa peine et son supplice.
Quand j'aurois autant d'yeux que le ciel de flambeaux,
1580 Je ne sçaurois verser d'assés larges ruisseaux
Pour laver mon offence, et la mer toute entiere
Ne laveroit le sang de mon ame meurtriere;
Me voyant si pollu, si sale et si noircy
Je deteste le sort qui m'a reduit ainsi:
1585 Comme oyseau malheureux je n'ose au jour paroistre
Ayant moy mesme, ô Dieux, horreur de me cognoistre,
Sus donc ores il faut pour ne voir plus les cieux
De ce poignard fatal me pocher les deux yeux⁹⁵,
Et ne veux qu'il se trouve aucun si charitable
1590 Qui tende à mes malheurs sa dextre secourable,
Car sans qu'homme du monde aille guidant mes pas
Je sçauray bien trouver le chemin du trespas.
Aussi ne vois-je rien que des ombres funebres;
Mes yeux sont ja voilés d'eternelles tenebres;
Et ce n'est plus pour moy que l'on voit à son tour   [146]
Aprés l'ombreuse nuict esclorre le beau jour;
Rien ne me sert Phœbus⁹⁶, sa clarté ni sa flamme;
La mort a eclypsé les Soleils de mon ame.
Mais quand j'yrois sur terre aveugle aux yeux de tous
1600 Tastonant, tresbuchant, et chopant à tous coups,
Mon esprit pour cela ne peut estre en franchise,
Le sort aura sur moy tousjours assés de prise;
Le ciel qui me verra dans ces bas lieux errant
Pourra lors m'envoyer quelque malheur plus grand;
1605 Il vaut mieux tout à faict que je cesse de vivre
Et que de tous assauts mon ame je delivre,

---

95 Phalante se crève les yeux. Le sens du verbe *pocher* (fr. mod. «donner un coup qui occasionne une
tuméfaction autour de l'œil») était plus fort à l'époque de Galaut: «aveugler» (Huguet), «to thrust, or
dig out with the fingers» (Cotgrave).
96 «Le Brillant», surnom d'Apollon; ici, personnification du soleil.

Il n'est autre moyen à ce mien desconfort
Que triste me jetter dans le bras de la mort,
Car puis qu'avecques soy le repos elle ameine
1610 C'est l'extreme remede à mon extreme peine.
      Esprits qui m'aymiés tant et que j'ay tant aymé,
Qui cheutes en ce lieu de meurtres diffamé;
Beaux esprits glorieux prenés à gré ma vie
Que dans ce mesme lieu or je vous sacrifie,
1615 Avec ce mesme fer dans ma main reluisant,
Pour aller dans l'enfer vos courroux appaisant.
      De mes jours malheureux la course est achevée,
Au havre de la mort ma nef est arrivée.
      O vents aux pieds aislés vistes courriers de l'air
1620 Arrestés un petit, et cessés de voler,
Retenés pour un peu vos halenes legeres
Pour mieux estre attentifs à mes plaintes dernieres,   [147]
Assistés à ma mort affin que par aprés
Vous semiés en tous lieux le son de mes regrets,
1625 Et que par tout ce rond de si large estenduë
Soit de ma triste mort la nouvelle espenduë.
Oyseaux qui, de douleur et de pitié touchés,
Escoutés mes souspirs sur vos branches perchés,
Peinturés oysillons chantés en cent manieres
1630 L'obseque de ma mort: les Nimphes forestieres
Et les Nimphes des eaux ayant la larme à l'œil
S'habilleront peut estre en noir habit de deul.
      Soleil qui tournoyant nous marques la journée,
Arreste un peu le train de ta course empennée[97],
1635 Et devant qu'esclairer aux peuples de là bas
Que ta torche vivante honnore mon trespas,
Qu'elle voye le sang que de mon sein je tire
Affin qu'aprés ma mort le monde puisse dire
Que ma fin fut heureuse, et que mon sort fut beau
1640 Ayant eu le Soleil pour funebre flambeau.
                              FIN

---

97 Au figuré, *empenné* signifiait «ailé, rapide» (Huguet). Cf. Garnier: «j'ai la course empennee /
    mes ans accomply selon la destinee» (*Marc Antoine*, vv. 1952-1953), et l'expression *aux pieds
    aislés* aux vv. 694 et 1619 de *Phalante*.

GLOSSAIRE

abandon; à l'abandon de : au pouvoir de (1016)

affeubler : revêtir, coiffer (non péj.) (1468)

uinçuis : mais plulôl (248, 1318)

ains : mais plutôt (1547); *ains que* : avant que (1387)

allegeance, allegence : soulagement, répit (461, 498, 848, 1055)

alme, adj. : nourricier, bienfaisant (207)

altere, n.f. : émotion, trouble, agitation (683)

alterer : troubler, émouvoir (307, 1039)

amiable : amical, bienveillant (709)

amoureux : qui inspire l'amour (395, 859)

asseuré : mis en sûreté (202); rassuré, apaisé (308, 1081)

autant ... que, compar. d'égalité : aussi ... que (143, 1269)

aymant, n.m. : acier (1545)

bassement : à voix basse, humblement (524); *aimer bassement* : aimer une personne de basse condition (40)

bergerotte, n.f., diminutif de *bergère* (1253)

bien-heurer, bienheurer : rendre heureux (250, 793); favoriser (1129)

bouquin, adj : de la nature du bouc (1264)

brosser, v.intr. : s'avancer au milieu des obstacles (1448)

bute, n.f. : cible (1522)

ça bas : ici-bas, sur la terre (554, 731)

caduc : vieux, défaillant, qui a perdu ses forces (1090)

cependant, ce pendant, adv. : pendant ce temps, en attendant (193, 355, 373, 1107, 1269); *cependant que* : pendant que (1401, 1527)

ceps, n.m.pl. : chaînes, fers, liens amoureux (60)

cercher : chercher (1233)

ceste, ancienne forme du pronom démonstratif fém. *celle* (721)

chef : tête (739, 982, 1463, 1523, 1542)

chetif : malheureux, misérable (661, 843, 1309)

cil, ancienne forme du pronom démonstratif masc. *celui* (286, 595, 635, 665, 1132, 1500)

comme; aussi ... comme : aussi ...que (518)

complainte : plainte, lamentation (319, 729, 1546)

conte; faire conte de : faire (grand) cas de (411)

coup; à ce coup : cette fois (296, 384, 421, 655, 686, 872, 944, 1473); *à coup* : soudainement, en peu de temps (1322)

courre, v.intr. : courir (1190, 1211)

craindre (se), v.pron. : craindre (1037)

croistre, v.tr. : augmenter, rendre plus fort ou plus nombreux (1547)

cuider : croire, s'imaginer (411, 1209)

decevoir : tromper (152, 564)

departie, n.f. : départ, séparation (65)

depuis, despuis; du depuis que : depuis que (379); *du despuis* : à partir de ce moment (803)

dequoy : de ce que (28)

desastré : qui est sous l'influence d'un mauvais astre, infortuné (987, 1238, 1497)

desconfort : douleur, désespoir (1607)

destourbier, n.m. : obstacle, empêchement (1240)

destroict : situation difficile ou embarrassante (857)

desur, dessur, prép. : sur (1289, 1542)

devant : auparavant (1383); *devant que* : avant de (191, 972, 1635), avant que (1061)

devoilé de : n'étant plus voilé par (1473)

devotieux, adj. ou n.m. : dévot, dévoué (740)

dextre, n.f. : main droite (1216, 1337, 1425, 1469, 1590)

diffamer : souiller, déshonorer (1612)

disgrace : malheur, infortune (1465)

divertir : détourner, écarter (647)

doubte : crainte, soupçon (1046, 1429)

doucet, adj. : qui est très doux (880)

duire : convenir (608)

durer : prendre patience (832)

emmi, prép. : au milieu de (909)

emperiere, adj. fém. : souveraine (1485)

emprise, n.f. : entreprise (145)

encontre, prép. : contre (1323)

ennui, ennuy . affliction, douleur, tristesse (10, 321, 349, 388, 804, 816, 1023, 1077, 1432)

és : aux, dans les (425)

eslancer : jeter, lancer avec force (314, 470, 982, 1303, 1398)

esmouvoir de : pousser à, exciter à (70)

espancher, v.tr. : verser, répandre (1548)

espendre, v.tr. : répandre (1626)

esprit, esprits : cœur (36, 123, 378, 398, 492, 575, 584, 675, 1081)

estonnement, n.m. : crainte, frayeur (800)

estonner : ébranler, effrayer (1388)

estranger (s'), v.pron. : s'éloigner, se retirer (828)

esvanter : répandre, diffuser (435)

fausser : enfreindre, violer (966, 1179, 1298)

feintement, adv. : par feinte, faussement (360)

felon, adj. : cruel, farouche (1361)

fin; mettre à fin : mener à son terme, venir à bout de (954)

forcener : perdre la raison, agir avec fureur (318, 1268)

franchise : liberté (1601)

gesner : torturer, mettre au supplice (351, 837, 1525, 1561)

gracieux : bienfaisant, bon (633, 867)

grief, adj. : grave, douloureux, pénible (1034)

guerdonner : récompenser (528, 1140)

gueres; ne ... de gueres : à peine, peu (778)

halenée, n.f. : souffle (1489)

heur, n.m. : bonne fortune, bonheur (167, 214, 599, 947, 1142)

heure; en peu d'heure : en peu de temps (904)
honnesteté : loyauté (1472)
hostelage, n.m. : hospitalité (1298)

idole, n.f. : ombre, fantôme (784)
infect; infect de : infecté de (1291)
influer, v.tr. : faire pénétrer (616)
injurieux : injuste (1312)
ire, n.f. : douleur (16); colère (1191, 1236, 1411)

ja : certes (7, 251); déjà (295, 1031, 1090, 1237, 1460, 1488, 1594)

lame, n.f. : pierre tombale (801, 1501)
liesse : joie (721, 800)
lors, adv. : alors (709, 1604)

mal-sage : peu raisonnable (21)
marine, n.f : mer (1008)
matinier, adj. : matinal (1364)
maugré, ancienne forme de la prép. *malgré* (1402, 1459)
mauvaistié, mauvestié, n.f. : méchanceté (1221, 1576)
meschef, n.m. : infortune, malheur (1464)
mesler, v.tr. : s'introduire parmi, se mêler à (698)
meurtrir : tuer, assassiner (1216, 1293)
moderer : gouverner (444)
monstreux : prodigieux, monstrueux (1248)
moüelles, n.f.pl. : le plus profond ou intime de l'être (377, 833)
moyen : intermédiare (706)
moyenner : servir d'intermédiaire (187)

navigage, n.m. : barque, flotte (1020)
nepveu : petit-fils, descendant (696)

occasion : motif, raison (242, 1228)
ocieux : oisif, paresseux (1379)
ombre; sous ombre de : sous couvert de, sous prétexte de (1168)

onc; ne ... onc : ne ... jamais (526)

or, ores, adv. : maintenant, à présent (155 et *passim*); *or que* :
 maintenant que (715)

par; par aprés : plus tard, après (1623)

part : lieu (1336, 1337)

pasmer, v.tr. : faire pâmer (1390)

peinturer : peindre (1629)

pendre : pencher (1272)

petit; un petit, adv. : un peu, un moment (1620)

piteux : pieux (125)

plaint, n.m. : plainte (1295)

pocher : crever, aveugler (1588)

point; en bon point : dispos, en bonne santé (1065)

pollu, adj. : souillé, atteint d'une souillure morale (1583)

postposer : mettre au second rang, négliger, abandonner (660)

pourchas, n.m. : poursuite (140)

pourpris, n.m. : lieu clos, enceinte (538)

prée, n.f. : pré, prairie (425)

premier, adv. : d'abord (460, 1088)

prou : assez (885, 890)

quant; quant et, prép. : avec (291, 1078)

ramentevoir : rappeler, remettre en mémoire (348)

rang; à son rang : à son tour (1539)

rangreger : augmenter, aggraver (729)

rebut, n.m. : refus, fait d'être repoussé (408)

recoy; à recoy : en repos, à l'écart (366)

regretter : plaindre (571)

retarder de : tarder à, différer de (1083)

rien : quelque chose (1005)

seconder : égaler, être comparable à (1148)

seulet, adj. : seul (685, 1343)

si : pourtant, néanmoins (220, 306); *si que* : si bien que, de telle sorte que (203, 507)

siller : coudre, fermer (782)

soucieux : donnant des soucis (523, 1551)

souloir : avoir l'habitude de (817)

souspirer, v.tr. : déplorer, exprimer par des soupirs (44, 328, 684)

sus, interjection marquant l'exhortation : allons (191, 1587)

sus, prép. : sur (23)

tandis, adv. : pendant ce temps (105, 1399)

tant; tant seulement : seulement (475)

tellement que : de sorte que (157, 443, 539, 961)

tirasser : déchirer, tirailler (1530)

tout; du tout : tout à fait (699, 751)

tresbucher, v.intr. : tomber (596)

trousse, n.f. : carquois (998)

vent; donner vent à : donner issue à (1394)

vertueux : vaillant, valeureux (695)

vexer : tourmenter (1562)

vistement, adv. : vite, rapidement (766, 790, 1192)

voire; voire et que : et même que (1555)

voirement : vraiment, de fait (45, 440)

APPENDICE

Nous donnons ci-dessous l'histoire de la reine Hélène, extraite du roman de Sir Philip Sidney. Le texte reproduit est celui de la traduction de Jean Baudoin, dans *L'Arcadie de la Comtesse de Pembrok...* (Paris, Toussaint du Bray, 1624-1625), t. I, pp. 234-268[1].

[...] Vous sçaurez donc que je m'appelle Helene, Reyne de naissance, et qui jusques à maintenant ay possedé la belle ville et le pays de Corinthe. Mes subjets n'ont jamais manqué de respect ny de bonne intelligence pour moy. Ils m'en donnent de fort belles preuves, en ce qu'ils sont fort contans de supporter mon absence, et ma folle passion qui me chasse hors de mon Royaume. Ayant esté delaissée de mon pere, et receuë de mon peuple au plus eminant degré d'honneur où je pouvois aspirer; si tost que mon aage me rendit ca-[235]pable d'aymer, ma Cour fut pleine de Chevaliers qui me rechercherent, les uns à raison de ma qualité, les autres pour l'amour de moy mesme; Et j'ose bien dire que si mes richesses leur donnoient des desirs, ma beauté, telle qu'elle est, les obligeoit souvent à parler de moy. Plusieurs Princes estrangers s'offroient tous les jours à ceste recherche: et parmy tant de jeunes courages de mon pays, qui ne demandoient qu'à me posseder, il n'y en avoit pas un à qui la naissance et la vertu ne donnassent assez de merite pour y parvenir.

Le plus passionné d'entr'eux, c'estoit le Chevalier Philoxene, fils unique du genereux Timothée, qui estoit le Seigneur de mon pays le mieux allié. Avec cela l'eminence de ses richesses, de son credit, et [236]

1 Nous avons résolu les abréviations (& et le tilde), et adopté la distinction moderne entre *u* et *v*, *i* et *j*. Nous donnons entre crochets la pagination de l'original, ainsi que toute indication des passages retranchés.

de ses vertus, le mettoit en si bonne odeur parmy le peuple, qu'en toutes ces choses il surpassoit les plus grands de mon pays. Comme son fils ne degeneroit en rien des qualitez d'un si brave pere, il se mit en devoir de m'en donner des tesmoignages, et fit tout ce qu'il pût pour gaigner mes bonnes graces en me servant. La seule faveur qu'il obtint jamais de moy, ce fut de m'oüyr dire, que de tous ceux qui me recherchoient, il estoit celuy pour qui j'avois moins de desdain. Or quoy que ma mine deust estre capable de luy faire tirer une espece de vanité de ces paroles, si pouvoit-il bien croire que je ne pensois à rien moins qu'à l'aymer. Car m'estimant alors née pour commander, je ne pensois pas me pouvoir soubmettre volontaire-[237]ment à l'empire d'autruy, sans m'exposer à un infame mespris. Cependant que Philoxene taschoit aveque toute sorte d'honneurs à se rendre digne de mes faveurs, et se flattoit possible d'un vain espoir, pour s'estre aperceu que je prenois quelque cognoissance de sa valeur; Il advint un jour que m'estant venu voir, il mena en sa compagnie un Chevalier de ses meilleurs amis. Ce disant, elle jetta la veuë sur le pourtraict qui estoit devant elle, et par un souspir tiré du profond du cœur, tesmoigna la violence de sa douleur. Les larmes suivirent au mesme instant [...] [238] [...] Qu'est-il besoin, dit-elle alors, de vous entretenir davantage sur ce sujet? Ne vous doit-il pas suffire de sçavoir que c'est icy le pourtraict d'Amphialus? Où est le barbare qui n'ait oüy parler de luy? Où le Chevalier qui ne treuve de tous costez les belles marques de sa gloire? Se peut-il bien faire d'estre courtois, noble, liberal et vaillant, et n'avoir pas devant ses yeux l'exemple d'un si accomply Chevalier? Toutes les [239] vertus heroïques qui font revivre ceux qui sont morts dans les combats, où se treuvent-elles qu'en luy? O Amphialus que je voudrois bien ne t'avoir pas cogneu si excellent, ou ne t'estimer pas si accomply que tu es? A ces mots elle s'abandonna derechef aux pleurs, jusqu'à ce que Palladius la pressant de continuer son discours, Bien, dit-elle, puis que je vous l'ay promis, il faut que je vous raconte ce que je sçay d'Amphialus, de qui la volonté est ma vie, et sa vie mon histoire. Car en effect, à quoy puis-je mieux employer ma langue qu'à parler de luy? Sçachez donc que ce Chevalier de qui vous voyez le pourtraict, et dont l'ame ne se peut representer que par la vraye forme de la vertu, est fils du frere de Basilius Roy d'Arcadie. Il [240] fut tenu pour son heritier en ses premieres années, jusqu'à ce que Basilius espousant sur ses vieux jours la jeune Princesse Gynecie, eut d'elle ces deux belles filles, en qui le merite et la grace se trouvent joincts en un sublime degré de perfection, dont la naissance priva leur jeune cousin du fruict de son esperance. La mere de ce Chevalier, comme courageuse qu'elle estoit, et fille du Roy d'Argos, soit qu'elle redoutast Basilius, ou qu'elle dedaignast que son fils relevast du pouvoir de ce Prince, l'envoya au vieil Chevalier Timothée, avec qui son mary defunct avoit eu de grandes familiaritez, et une fort bonne intelligence, le priant de permettre qu'Amphialus fust eslevé en la compagnie de Philoxene son fils. Heureuse reso-[241]lution pour le bien d'Amphialus, de qui la nature excellente fut par ce moyen formée avec autant de soing qu'en pourroit avoir un sage Gouverneur, destiné pour la nourriture d'un jeune Prince. Aussi n'eust esté cela, sa mere, bien que vrayement indigne d'un tel enfant, ne se fust jamais accordée à le faire eslever ailleurs qu'en sa maison. Apres que l'aage de Philoxene et d'Amphialus eut pris accroissement soubs la charge de Timothée, qui n'aymoit pas moins l'un que l'autre, il se presenta des occasions assez propres pour esprouver le courage d'Amphialus, qui luy furent depuis autant d'eschelons pour l'eslever au sommet de la gloire. Il n'y avoit rien de si hazardeux que sa valleur n'entreprist, ny rien de si difficile qu'elle ne sur-[242]montast. Quoy que sa vaillance le rendist capable d'executer tout ce qu'il se proposoit, et qu'il n'y eust point de Chevalier dans tout le pays de qui l'on parlast davantage que de luy, il ne se picquoit point pour cela d'aucune sorte de vanité. Au contraire, une sage conduitte l'accompagnoit tousjours en tous ses desseins, et poussoit son inclination à obliger tout le monde; Aussi l'appelloit-on d'ordinaire le courtois Amphialus, pource qu'en matiere de franchise et d'honnesteté il excelloit pardessus soy-mesme. Ce ne seroit jamais faict si j'entreprenois de vous raconter combien d'adventures prodigieuses il a mises à fin, quels Monstres, quels Geants, et quels ennemis il a vaincus, ou mesme quelles conquestes de pays il a faictes, usant en cela [243] quelquesfois de stratageme, quelquesfois de force, mais tousjours de vertu. Or comme Philoxene ne l'abandonnoit jamais en ses entreprises, le temps les rendit tous deux si bons amis, pour avoir esté nourris ensemble, qu'à la fin Philoxene n'ayant point de plus grand dessein pour employer l'amitié d'Amphialus, que de gaigner mon amour, le pria de tenter le hazard, et d'y faire tous ses efforts. A cet effect Amphialus l'amena à ma Cour[2], où mes yeux

---

2   Dans l'original anglais, on lit: «To that purpose brought he him to my court» (p. 62), sans que le sujet du verbe soit spécifié; mais le contexte suggère que ce soit Philoxène.

furent les tesmoins, que pour advancer la recherche de son amy il n'y espargna point son esprit, de qui les forces s'estendent aussi loing que les limites de la raison. Je ne pouvois rien oüyr de luy que l'estime du merite de Philoxene; Qu'en ceste eslection je ne serois jamais trompée, si ma bonne fortune me [244] le donnoit pour mary: et que cela estant, je me pourrois dire la femme du monde la plus heureuse. Il m'alleguoit là dessus une infinité d'autres raisons, dont je ne me puis pas bien souvenir, pource qu'à n'en point mentir, je n'y croyois gueres. Car pourquoy me fusse-je reduite à chercher de l'amour ailleurs, puis que j'en avois desja autant qu'il m'en falloit, pour y continuer le reste de mes jours? En un mot, lors qu'Amphialus parloit pour un autre, il me gaigna pour luy-mesme; au moins, et ce disant elle souspira, si je merite qu'il me tienne à quelque gain. Sa renommée s'estoit de long temps ouverte un si beau chemin dans mon ame, que la premiere fois que j'eus l'honneur de le voir, sa bonne mine, son honneste maintien, et sa [245] douce conversation y logerent l'Amour, sans qu'il daignast jamais en ouvrir la bouche. O Dieux! que je goustay delicieusement ses discours! qu'il avoit de grace à descrire la passion de son amy! qu'il est agreable, disois-je à part moy! et qu'il sied bien à l'Amour de se loger en ses levres! Puis quand par les charmes de son bien dire il taschoit de m'esmouvoir à compassion envers Philoxene; Prens courage Helene, continuois-je tacitement; Il n'est pas possible que ce cœur soit inexorable et insensible à la pitié: Et finalement lors qu'il me racontoit les hauts faicts d'armes et les conquestes de Philoxene, bien que ce ne fust que son valet en matiere de valleur, Helas! pensois-je, pauvre Philoxene, qu'il sied mal à ton nom d'estre si sou-[246]vent en la bouche de celuy qui te loüe ainsi? Que vous diray-je davantage, Seigneur Chevalier, ou plustost que ne direz-vous point de moy, voyant que je n'ay point de honte de m'ouvrir à vous si librement, et de me plaire au recit de mes passions? Quelques jours se passerent sans que ceste violente poursuitte cessast. Cependant mon amour s'esloignoit tousjours de Philoxene, et s'approchoit de plus en plus d'Amphialus. A la fin, comme il ne se defioit aucunement de la playe qu'il m'avoit faicte, j'obtins de luy par forme de courtoisie ordinaire ce pourtraict que vous voyez devant moy. Aymable pourtraict, qui me represente celuy qui seul me peut posseder, puis que c'est là tout le desir où j'aspire. Un peu apres devenuë plus hardie, ou [247] plus folle, ou pour mieux dire, paroissant l'un et l'autre ensemble, je luy descouvris mon amour. Mais ô Dieux! je n'oublieray jamais comme la cholere et la courtoisie parurent à mesme temps dans ses yeux, lors que je luy en parlay si avant. Ah! qu'à ceste fois j'appris bien quelle gesne c'est que la honte, par la rougeur qui saisit son visage! Que son action me tesmoigna d'inquietude! et qu'il eut de peine à se vouloir faire disgracier pour favoriser son amy par le refus qu'il me fit de soy-mesme! S'appercevant en fin que sa presence persuadoit beaucoup plus pour soy, que son discours ne faisoit pour son amy, il quitta ma Cour sans prendre congé de moy. L'apparence luy fit esperer que l'oubly qui suit ordinairement l'absence, feroit [248] place avecque le temps à Philoxene, à qui il ne voulut point descouvrir ce qui s'estoit passé entre nous deux, pour ne le pas affliger, ou possible pour me vouloir donner à cognoistre quelque respect, en tenant caché mon secret, bien que je m'estime la chose du monde de laquelle il se soucie le moins. Quoy qu'il en soit, j'ay appris depuis, qu'il partit avec ceste resolution, de s'en aller chercher d'autres adventures és pays loingtains, jusqu'à ce que l'amour de son amy gaignast l'advantage, ou perdist la partie. Toutesfois quelque temps apres il[3] s'en revint vers moy, pour voir combien advancez estoient les fruicts du labeur d'Amphialus. J'estois dans ma chambre lors qu'il y entra; et luy monstray assez que je ne me souciois pas beaucoup de luy des-[249] plaire, en ce que m'ayant trouvée assise, et entierement attachée à la consideration de ce pourtraict, je voulu bien qu'il vist que je tournois du tout mes yeux, mon amour et mes pensées de ce costé. Il me fut bien aisé de recognoistre pour lors que le desdain et la jalousie se saisirent en mesme temps de l'ame de Philoxene. Ce qui m'estoit si indifferent, que sa recherche obstinée envers moy me faisoit prendre plaisir à le punir de la sorte, à cause que je le tenois pour le seul obstacle de mon amour à l'endroit d'Amphialus. Depuis, comme je vis qu'il ne laissoit pas de me rechercher avecque toute sorte de submissions et de protestations de service; Seigneur Chevalier, luy dis je, vous estes asseuré que je vous escouterois plus volontiers [250] que je ne fais, si vous vouliez parler pour Amphialus, aussi bien qu'Amphialus a parlé pour vous. A ces mots il ne me fit aucune response, mais tout pasle et tremblant s'en alla soudain, et le cœur me dit aussi tost qu'il en arriveroit quelque mal-heur. Or quoy que j'eusse assez de pouvoir pour le faire arrester, toutesfois comme en ces choses fatales il advient d'ordinaire que les puissances celestes font agir inopinément les causes secondes à l'execution de leurs

---

3   Philoxene; son nom paraît dans l'original anglais (p. 63).

decrets, je me contentay d'envoyer apres luy un de mes valets de pied, de qui la fidelité m'estoit de long temps cogneuë. Avecque cela je le chargay [*sic*] de suivre Philoxene de place en place, et me donner advis de ses deportemens, qui ont fait esclorre helas! une chose qui me couste-[251]ra cher à ce que je voy: et j'ay belle peur que ce ne me soit un sujet d'une plainte continuelle. Car j'ay sceu depuis qu'Amphialus fut à peine une journée hors de mon pays, qu'assez pres du lieu que voicy, où il s'estoit rendu pour y secourir une Dame, il fut joinct par Philoxene. La premiere chose que fit ce perfide, ce fut de l'appeller au combat, protestant qu'il falloit que l'un ou l'autre y laissast la vie. Vous pouvez penser combien cet appel deust estre sensible à Amphialus, de qui le cœur n'estoit coulpable d'aucune faute, que d'un excez de bonne affection envers Philoxene. Les loix de son amitié luy defendirent d'abord de se battre. Mais comme mon serviteur m'a rapporté depuis, plus Amphialus reculoit, plus l'autre le poursuivoit, ne cessant [252] de l'appeller traistre et poltron, sans luy vouloir jamais dire la cause d'un changement si estrange. Ha! Philoxene, luy dit Amphialus, je sçay bien que je ne suis point traistre, et tu cognois assez que je ne manque pas de courage; contente toy de cela, je te prie, et qu'il te suffise que je t'ayme, puis que je ne m'offense point de ce que tu viens de me dire. Philoxene ouït ces mots, indignes de luy; et au lieu d'en estre doublement satisfait, mit la main à l'espée, et en vint des paroles aux coups. Alors Amphialus qui couroit fortune de sa vie, s'il n'eust eu de bonnes armes, faisant un pas en arriere: Et bien Philoxene, s'escria-t'il, je suis bien contant de souffrir encore ceste injure, non pour l'amour de toy, puis que l'offense que tu me fais te rend indi-[253]gne de mon amitié, ains pour le sujet de ton vertueux pere, qui est l'homme du monde à qui je suis le plus obligé. Retire toy, je te supplie, et tu me rendras bien tost ton serviteur, si tu peux vaincre tes passions. Mais luy, sans estre touché de ces paroles, ne se desistoit point de frapper sur Amphialus, qui ne faisoit que parer en se reculant. A la fin comme il se vid joinct de trop pres, la Nature l'emportant sur la resolution, il luy fut force de se defendre. Aussi le fit-il si vaillamment, que du premier coup qu'il porta sur Philoxene, le mal-heureux Chevalier tomba mort à ses pieds. Il ne tarda guere à rendre l'esprit, et tout ce qu'il pût faire devant que mourir, ce fut de luy dire quelques paroles, [254] par lesquelles Amphialus cogneut que j'estois la seule cause de ce mal-heur. Ceste mort luy fut si sensible, à ce que m'en a dit mon valet, qu'elle porta depuis sa tristesse au delà de toute imagination. Il est vray qu'elle s'estendit jusques aux bornes du desespoir par une mal-heureuse occasion qui survint à l'instant. Car Philoxene avoit à peine rendu le dernier souspir, lors qu'on vid venir au mesme lieu le vieil et vertueux Timothée son pere, qui sur l'advis qu'on luy donna de l'estrange depart de son fils hors de ma Cour, se mit à le suivre le plus viste qu'il pût. Mais helas! ce ne fut pas si viste qu'il ne le trouvast mort devant que le pouvoir joindre. Quoy que mon cœur ne soit autre chose qu'un theatre à tragedies, si faut-il pourtant que [255] j'advouë qu'il n'est pas capable de souffrir qu'on y represente un si funeste accident, cognoissant Amphialus et Timothée comme je les ay cogneus. Ha! que le pauvre Amphialus fut triste et honteux, lors qu'il vid que ce mesme pere qui l'avoit nourry, le trouva le seul meurtrier de son fils. Je suis bien asseurée qu'à cet instant il devint aussi froid et aussi immobile qu'un marbre, et qu'il eust volontiers souhaité que quelque rocher l'écrasant, eust empesché ceste miserable rencontre. Quant à Timothée, dans l'excez des douleurs qui le saisirent alors, le regret de la mort de son fils, et plus encore l'ingratitude d'Amphialus, dissiperent tellement ses esprits, que ne pouvant dire autre chose, sinon, Amphialus! Amphialus! ay-je? il [256] se laissa choir sur le corps de son fils, et y rendit l'ame sur le bord de ses levres. Il faut que je vous advouë icy, Seigneur Chevalier, que ny ma langue, quoy qu'elle ne s'exerce qu'aux plaintes, ny mon cœur mesme, quand il seroit changé en autant de langues qu'il a de sujets de s'attrister, ne pourroient jamais suffire à raconter les secrets ennuis que receut Amphialus de ces adventures tragiques. Puis que le mal-heur en est pardessus les paroles, je vous diray seulement cecy, qui pourra servir à vous faire cognoistre ma fortune; Qu'à mesme temps que la mort du pere eut accompagné celle du fils, Amphialus jetta par terre ses armes, que vous avez maintenant sur vous, et qui m'ont fait croire que c'estoit luy qui les avoit remises, lors que vous [257] voyant d'abord, je vous ay pris pour luy-mesme. Cela fait, comme s'il eust eu la lumiere en horreur, il courut dans le plus espais du bois, où ne cessant de se plaindre, il y rendit ses cris si fidelles tesmoins de son dueil, que mon valet mesme, quoy que peu sensible à la pitié, respandit des larmes lors qu'il m'en fit le recit. Ce fut encore luy qui me raconta, qu'ayant une fois atteint Amphialus quand il s'enfuyoit dans le bois, le Chevalier transporté de fureur tira son espée, qui estoit la seule partie des armes qui luy restoient (et les Dieux sçavent à quel dessein il la reservoit) et le menaça de le tuer, s'il le suivoit davantage. *Va t'en,* luy dit-il alors, *et n'oublie à faire sçavoir à ta belle Reyne, qu'elle est la seule cause de mon desastre, et que si je n'avois esgard à son sexe, je* [258] *n'aurois jamais de repos que je n'eusse trempé mes mains dans son sang, puis que de toutes les creatures du monde c'est la seule pour qui j'ay plus de mespris et de haine.* Mais pardonnez moy Chevalier, si par le recit de ces deplorables disgraces, j'abuse de vostre patience, sans considerer que c'est un importun langage que celuy que je vous tiens. Je vous laisse maintenant à juger de ma cause, si vous sçavez que c'est que d'amour. La tyrannie de ceste passion m'a fait quitter mon pays, au hazard de perdre à l'advenir l'amitié de mon peuple. Elle-mesme m'exposant à la mercy des perils et du deshonneur, m'a reduit [*sic*] à l'estat de la plus chetifve personne qui fut oncques: Et toutes ces choses je les ay seulement faictes pour suivre celuy qui s'en va publiant de [259] tous costez la haine qu'il a conceuë contre moy, et luy apporter ma teste, pour l'immoler à sa cruauté, si elle seule est capable d'en assouvir la furie. Voila, Seigneur Chevalier, la pitoyable histoire de mes adventures, que je vous ay bien voulu raconter, pour ne contredire vostre desir. [...]

[Ensuite arriva sur ces lieux Ismenus, «le fidelle et diligent Page d'Amphialus».]

[264] [...] si tost que ceste belle Princesse le vid, portant sa veuë sur le pourtraict d'Amphialus, Ismenus, luy dit-elle, voicy mon Seigneur, où est le vostre? Vous a-t'il envoyé pour prononcer l'arrest de ma mort? Si cela est, ô que je suis contente! et que vous estes le bien venu! parlez je [265] vous prie, et parlez promptement. Ha! Madame, respondit Ismenus, vostre demande ne sert qu'à renouveller ma playe; Je l'ay perdu ce brave Amphialus, l'unique Seigneur à qui j'ay voüé mon service. A ces mots les larmes luy vindrent aux yeux: Car helas! adjousta-il, apres que le malheureux combat eut pris fin par la mort du pere et du fils, mon Maistre posant bas ses armes, s'en alla chercher ses adventures je ne sçay où, et me dit qu'il me tüeroit si je le suivois. Toutesfois quelque defense qu'il m'en eust faicte, je ne laissay pas de le suivre à la piste, jusqu'à-ce qu'ayant rencontré fortuitement un Espagneu qui avoit esté à son defunct amy Philoxene, je remarquay d'abord que le chien recognoissant mon Maistre, courut à luy pour le [266] caresser. Il faut que je vous die, Madame, qu'il n'est pas possible de voir jamais une action plus pitoyable que fut celle de mon Seigneur, quand il aperceut le chien. Car alors il se

mit à le repousser, le blasmant de ce qu'il caressoit le meurtrier de son Maistre: puis il renouvella derechef ses plaintes, le regardant fixement, comme s'ils se fussent voulu conseiller l'un l'autre sur ce qu'ils devoient devenir apres la perte qu'ils avoient faicte. Cependant le mal-heur voulut pour moy que mon Maistre m'apercevant, en fut tellement irrité, que sa colere me donna sujet d'apprehender qu'il ne me fist perdre la vie. Et toutesfois sans me faire autre mal, il se contenta de me dire, que si je ne luy voulois desplaire à l'advenir, il ne m'advinst jamais plus de me [267] treuver devant luy qu'il ne m'en voyast querir. Comme je cherissois trop ses commandemens pour luy desobeïr, je ceday, bien qu'à regret, à sa volonté trop severe: et le quittay de la sorte, sans qu'il luy restast autre compagnie que celle du chien qui le suivoit. J'ay tousjours creu depuis, que soit que ce pays le retint encore, ou qu'il eust passé outre en quelque estrange contrée, il s'en iroit tousjours cherchant les lieux les plus solitaires, pour y mieux entretenir sa melancholie. Or un peu apres que je me fus separé d'avecque luy, je m'en retournay au mesme lieu où il avoit jetté ses armes, et y en trouvay d'autres à leur place. Alors j'eu un tel despit qu'un autre portast les armes du meilleur Chevalier qui fust dans le monde, qu'à [268] l'instant je m'armay de celles que je venois de trouver, pour faire le traict de folie que j'ay fait n'aguere en vostre presence. Gentil Ismenus, dit la Reyne, il ne pouvoit m'arriver un meilleur messager que vous, ny qui fust plus propre que vous estes à demesler ma tragique vie. Helas! c'est maintenant que j'en voy la fin. A ces mots la violence de ses soupirs l'ayant interrompuë, elle desira d'estre conduitte à la prochaine ville [...].

TABLE DES MATIERES

TEXTES LITTERAIRES

Titres déjà parus